和风文丛

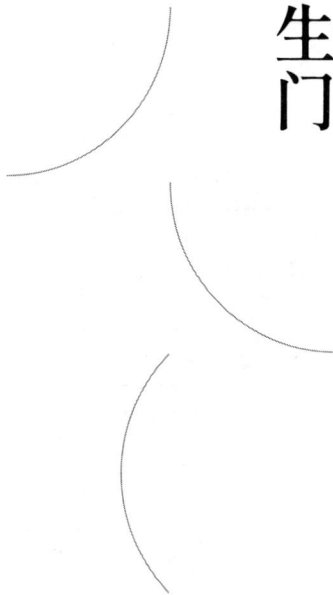

Akutagawa Ryūnosuke

らしょうもん
罗生门

［日］
芥川龙之介

／著

高海洋／译

SPM
南方传媒　花城出版社

中国·广州

图书在版编目（ＣＩＰ）数据

罗生门 / （日）芥川龙之介著 ；高海洋译. -- 广州：花城出版社，2024.2
（和风文丛）
ISBN 978-7-5360-9837-4

Ⅰ．①罗… Ⅱ．①芥… ②高… Ⅲ．①短篇小说－小说集－日本－现代②散文集－日本－现代 Ⅳ．①I313.15

中国国家版本馆CIP数据核字(2023)第221857号

出 版 人：张　懿
统　　筹：黎　萍　夏显夫
责任编辑：黎　萍　许阳莎
责任校对：汤　迪
技术编辑：凌春梅
封面设计：L&C Studio

书　　名　罗生门
　　　　　LUOSHENGMEN
出版发行　**花城出版社**
　　　　　（广州市环市东路水荫路11号）
经　　销　全国新华书店
印　　刷　佛山市浩文彩色印刷有限公司
　　　　　（广东省佛山市南海区狮山科技工业园A区）
开　　本　787毫米×1092毫米　32开
印　　张　7.625　1插页
字　　数　140,000字
版　　次　2024年2月第1版　2024年2月第1次印刷
定　　价　38.00元

如发现印装质量问题，请直接与印刷厂联系调换。
购书热线：020 - 37604658　37602954
花城出版社网站：http://www.fcph.com.cn

以其所拥有温暖的心去观察所有，最终应该是人格上的试炼。世故之人的态度正应是如此。我羡慕世故之人的温柔。

——芥川龙之介

目录

垂暮之年

※

在桥场①，有一家名叫玉川轩的茶式料理屋②。这一天，"一中节③"的一场"顺讲④"就在这里举行。

天空从一大早开始就昏沉沉欲雪，到了晌午时分终于下起雪来。待到掌灯时分，庭院里松树上除雪用的草绳，早已被压得沉沉下坠。但是，屋内却暖烘烘的，在玻璃窗和纸拉门双重紧闭的作用下，加上火盆里的热气烘烤，里面的人不禁感觉脸上热得有些发烧。中洲⑤的老板们有些不怀好意地抓住六金，开玩笑地说道："如何，脱一件衣服下来？黑油⑥都流下来了。"这六金穿着一件铁无地⑦的

---

① 桥场：东京都台东区桥场。江户时代有船宿。

② 茶式料理屋：提供茶汤式料理（茶怀石等）的料理店。

③ 一中节：日本古典戏曲古净琉璃的一个流派。创始人为都一中。

④ 顺讲：排演，发表会。

⑤ 中洲：中央区日本桥中洲。有酒馆、茶室。

⑥ 黑油：黑色的发油。

⑦ 铁无地：铁青色无花纹的织物。

日式外褂，套着一件茶色的金通缟^①的、不知是御召缩缅^②还是其他什么的衣服。除了六金以外，还有柳桥的三人，以及一位在代地^③从事密会茶屋生意的女老板，这些人都已经年过四十。另外还有小川家少爷、中洲老板们的夫人和几位老人家，一共六人。男客中有一位驼背的"一中"师傅，叫宇治紫晓。还有七八位业余练习"一中"的少爷。其中三人都对"三座^④"的戏曲以及山王的御上览祭^⑤有所了解。因此，他们三人讨论着曾经在深川的乌羽屋寮举行的"义太夫"排演，以及在山城河岸^⑥的津藤^⑦举办的千社札之会^⑧的事情，竟一时热火朝天。

---

① 金通缟：有两条纵向平行的粗条纹。

② 御召缩缅：一种主要用于做和服的绢织物。

③ 代地：浅草藏前的隅田川对面的区域。有船宿。

④ 三座：中村、市村、森田被称为江户三座，是政府承认的歌舞伎剧场，江户末期被移至浅草猿若町。

⑤ 山王：位于千代田区永田町的山王日枝神社。其祭礼与神田明神并称为江户两大祭礼。由于祭礼的队伍要进入江户城给将军御览，因此又被称为"上览祭"。

⑥ 山城河岸：位于中央区银座五丁目的外护城河对面的区域。

⑦ 津藤：一位富豪，名藤兵卫，号细木香以，为文士、画师的保护者。其与其子皆咏狂歌。芥川龙之介养母芥兰俦的叔父。请参看《孤独地狱》。

⑧ 千社札之会：参拜千社的人将独具特色的小木片贴到神社的殿上，并与同好者交换的同好会。

罗生门

在离客厅稍远处，有一个约十五个榻榻米大的地方，是这里最大的一个房间。竹纸灯笼里点亮的电灯在神代杉[①]的天井上投射出圆形的灯影。在微暗的壁龛上，几枝寒梅和水仙被温顺地投入古铜的瓶中。挂轴大约是太祇[②]的墨宝。黄色的芭蕉布上是熏黑的纸，将挂轴上下对切开，中间是用瘦长的笔触写出的一首俳句："树头赤色烈，疑是秋日实。只鸟见色寄，方知乃冬椿[③]。"一只小小的青瓷香炉并未燃香，而是静静地摆放在紫檀木的台子上，显得格外冷清。

　　壁龛前面没有安装木地板，而是席地铺着两张毛毡。鲜艳的绯红色反射出温暖的色调，映衬在三味线[④]的鼓皮上、弦师的手上，以及雕刻着七宝和花菱形纹印的纤细的桐木谱架上。在壁龛的两侧，众人面对面相向而坐。坐在上座的是紫晓师傅，次座是中洲的老板、其次

---

　　① 神代杉：在水中或土中历经漫长岁月长成的杉树木材。是用于工艺品或天花板的珍贵木材。

　　② 太祇：炭太祇（1709—1771），江户中期的俳人。

　　③ 原文为"赤き身と　見てよる鳥や　冬椿"。

　　④ 三味线：又称三弦线，是日本传统弦乐器，与源自中国的三弦相近。由细长的琴杆和方形的音箱两部分组成。三味线一般用丝做弦，也有用尼龙材料做成的，演奏时，需要用象牙、玳瑁等材料制成的拨子拨弄琴弦。其声色清幽而纯净，质朴而悠扬。

是小川家的少爷等男宾依次在右边列坐。而左边则是妇人们的座席。在右边座席的最末尾处坐着的，就是隐居于此的老人家。

老人家名字叫房，前年刚刚返本卦①。传闻他15岁开始便在茶屋饮酒作乐，到了25岁，即交上噩运的前一年，甚至与金瓶大黑②的年轻歌伎闹出了殉情的韵事。之后不久，他便继承了家里的糙米批发生意。哪知他做事三心二意，加之嗜酒如命，既当过歌泽③的师傅，又做过俳谐的点评人。靠着一丁点儿微薄的俸禄，一时做这个，一时做那个，最后竟也一事无成。幸好靠着有那么一丁点儿血缘关系的亲戚留在这家料理屋，他才能像现在这样安享晚年。听中洲的老板讲，他童年的记忆中难以忘怀的是那时年轻气盛的房，在神田祭的晚上，戴着随身的护身符、身穿印着"野路之村雨"的浴衣放声歌唱的样子。然而现在房已然垂垂老去，几乎再也没听他唱过自己年轻时挚爱的歌泽，连曾经迷恋一时的夜莺鸟也不知何时开始不再饲养。往常每当有新的戏曲登台开演，房都要去瞅一瞅，

---

① 返本卦：还历（满60岁）。

② 金瓶大黑：或为吉原的游女（妓女）屋的屋号。

③ 歌泽：歌泽节。俗曲流派之一。

而成田屋①和五代目②去世之后，他就再也没有了前去观看的劲头。现在，他穿着黄色的秩父绢的对丈和服，系着茶色的博多③腰带，坐在末席听其他人闲聊。看此情形，让人无论如何也不能想象他曾经是放浪一生、耽于游艺的一个人。哪怕是中洲的老板和小川家的少爷跟他搭话道："房，板新道④的——叫什么来着……啊，对了，《八重次菊》。好久没听你唱了，再唱来给我们听听吧。"即便是如此，他也只是摩挲着自己的秃头，回答说："不，不。现在早已没有当初那股心气儿啦。"说着将自己本就瘦小的身体缩成一团。

即便如此，有趣的是当他听了两三段之后，到了诸如"曾记黑发垂肩时""金丝缝字今夜来，与清十郎寝裾处"之类妖艳的词句时，随着那从高亢逐渐转向低沉的三味线的弦声，歌者娓娓道来。那古雅的声音仿佛将老人沉睡许久的心逐渐唤醒。刚开始时他还只是弓着背听着，不知何时却已将腰挺得笔直。到了六金开始唱"浅间之上"的时分，尤其是听到那句"无论是恨抑或恋，残寝之心或

①　成田屋：歌舞伎演员市川团十郎（1838—1903）。

②　五代目：歌舞伎演员尾上菊五郎（1845—1903）。

③　秩父、博多均为地名。

④　板新道：中央区银座八丁目附近，多艺伎。

不变"开始，他闭着眼睛，随着弦声开始小幅度地晃动自己的肩膀，在旁人看来，他似乎正在回味着曾经如梦似幻的过往。在这段熟练古雅的表演之中，"一中"的歌词和弦声隐藏着"长歌"和"清元"①里无法听到的那种温润。这让那位在这个世上活得足够久、尝尽人世间酸甜苦辣的房，心中仍旧不禁涌起一股不合时宜的情感波澜。

《浅间之上》表演告一段落，《花子》②的合奏也终了之后，房打了一声招呼，说了句"请诸位慢慢欣赏"之后，就离开了自己的座席。恰巧此时的宴席开始端出了膳食，座席间一时觥筹交错、人声鼎沸。只有中洲的老板认真地看着已经上了年纪的房，吃惊地说道："变化真大啊！好像警卫所的老大爷一样，房也老了啊！"

"之前您提到的那位就是他？"六金好奇地问道。

中洲的老板立刻回应道："师傅也认识他的，我给你说道说道。这个房啊，只要是游艺方面，没有他不精通的。'歌泽'他会唱，'一中'他也会。说起来，他甚至还参加过'新内③'的流动演出。原本他也和师傅一样，

---

① "长歌""清元"与"一中"一样，都是净琉璃的流派。

② 《浅间之上》《花子》均为曲目名称。

③ 新内：新内节，净琉璃的流派之一，以离开舞台、游走于花街的形式表演为主。

　　　　　　　　　　　　　罗生门

在宇治的宗家那里学过艺呢。"

"驹形的那个'一中'师傅，叫什么来着——紫蝶吗？也就是那个时候和她搞在一起的吧？"小川家的少爷这时也跟着说起来。

一时间，关于房的传言接连不断地持续了好一阵子。这时差不多轮到柳桥的老伎开始表演《道成寺》，座席间又立时恢复到之前的安静。上一曲结束，紧接着是小川家少爷的《景清》的表演。小川少爷从座席上离开，起身去上厕所。随后他感觉肚子有些饿了，顺便出来想吃个生鸡蛋什么的，于是来到走廊上，发现中洲的老板果然也偷偷溜了出来。

"小川少爷，要不要一起去偷偷喝一杯啊？您的曲子之后就是我的那首《钵之木》①啦。要是不喝得醉点的话，我算是第一个没信心的。"

"我也想着要不要去吃个生鸡蛋或者喝一杯凉酒。我也跟您一样，要是没有酒下肚，还真的没什么胆量。"

于是两人一起去小便，沿着走廊绕到上房时，他们突然听到不知何处传来窸窸窣窣的谈话声。长长的走廊前面，是一间玻璃拉门的房间。此时已是薄暮时分，院子里的刀柏和高野罗汉松上堆积的雪泛着淡青色的光。房间在

---

① 《道成寺》《景清》《钵之木》均为净琉璃的曲目名称。

树荫和雪光的映衬下显得格外昏暗。隔着黑暗中的大川的河水，从这里抬眼望去，对岸的灯火星星点点，泛着昏黄色的光晕。鸤鸟的两声鸣叫，仿佛一柄银质的剪刀，将河流上的天空剪碎，散落成漫天稀稀拉拉的星光。这之后，甚至连三味线的弦声也不再听见，户外、屋内已是万籁俱寂。唯一能听到的，只有雪落在紫金牛的红色果实上的声音，积雪上飘落下来的雪花的声音，从八角金盘上滑落下来的雪的声音，仿佛缝纫机的针脚发出的响声，交织在一起的还有几不可闻的窃窃私语声。这谈话的声音悄然持续着，被其他声音所淹没。

"非是猫儿舔水声①。"小川家的少爷小声嘟囔着。于是他驻足聆听。那声音似乎是从右手边的拉门中传出来的，听起来时断时续，似有似无。

"你又在发什么脾气啊？你光是哭，我也没什么办法啊。说什么'你与纪国屋②的那女人有什么私情？'，别说笑了。我还能对那样的老太婆怎样？你又非要说什么'我们先把关系冷淡下来，这样你就可以趁机多玩几个了'。抱歉了，我已经有你啦，还怎么可能去包养别的女

---

① "非是猫儿舔水声"：细细听来，非是猫儿舔水声（よく聞けば猫の水のむ音でなし）。这是一首内容猥琐的川柳诗。

② 纪国屋：应为地名，或妓馆的名字。

罗生门

人呢？原本我们相识相爱，就是我在复习'歌泽'的时候，唱了一首《我之物》[①]。那时候，你真的是……"

"真有房的[②]！"

"虽说房已经上了年纪，还真是不可小觑啊。"小川家的少爷这样说着，眯着眼睛、猫着腰往开着的拉门里偷偷瞥去。此时，两个人的脑海里，都幻想着一副充满胭脂气息的情景。

房间内并没有开灯，笼罩在一片朦胧之中。只见在三尺见方的壁龛里，寂然地挂着大德寺的卷轴，下面平铺的地板上摆着一个白交趾敞口水盘。水盘里一株像是中国水仙的植物，恭敬地吐出了青色的嫩芽。壁龛前面是一座可移动的被炉。而此时，房就背对着拉门坐在被炉一旁。从外面只能看见房身上裹着八丈棉被单的背影，而他身上那黑天鹅绒的衣襟则从棉被单底下露了出来。

屋内看不到女人的身影。被炉上的被褥是藏青色与淡茶色的格子花纹。上面摆着两三本翻开的端呗[③]歌本，一

---

① 《我之物》：演出的"歌泽"的曲目名称。

② 房的：意为"房""房某"。此处显示说话人与"房"关系较为紧密，也可能是有些轻蔑的含义。

③ 端呗：本为"混杂的歌曲"之义，是三味线音乐的一种，为流行于江户中期、末期的通俗小曲的源头。明治后多流行于烟花柳巷的酒席之上，作为即兴表演的曲目。也是江户后期流行歌谣的总称。

只脖子上挂着铃铛的小白猫正蜷缩着蹲在一旁。小白猫身子稍一动弹，似乎脖子上的铃铛就会发出若有似无的铃声来。房将自己的秃头靠近到快要接触到猫毛的地方，独自对着空气一遍又一遍地说着那些活色生香的话语。

"那时候你来了。说我能唱到那个样还真不错。还有游艺……"

中洲的老板和小川家的少爷沉默着，看了看彼此。随后蹑手蹑脚地穿过长长的走廊，又回到了客厅内。

雪纷纷下着，丝毫没有停下来的迹象……

大正三年（1914年）4月14日

　　　　　　　　　　　　　　　　　　　　罗生门

火男（面具）

※

倚着吾妻桥①的栏杆，大量的人群聚集于此。时不时地有巡警过来申斥几句，但不过一会儿栏杆边上又是人山人海。这些人挤在这里都是来看桥下通过的赏花船的。

赏花船从下游一艘两艘、稀稀拉拉地趁着河流退潮的时分逆流而来。大都是日式驳船上支起帆布的顶棚，四周用红白相间的条纹幔帐遮起来。船首上有的插着旗帜，有的立着古风的长条旗。船上的人们，似乎都喝得醉醺醺的。从幔帐之间，可以看见有人将同样款式的手巾扎成吉原式②，抑或粮店舂米式③，在"一个""两个"地叫嚷着划拳。还可以看到有人在一面摇着头，一面略显艰难地唱

---

① 吾妻桥：连接东京都台东区花川户与吾妻桥一丁目、横跨隅田川的东京第一座铁桥。由此溯流而上的东岸一带为樱花名胜区。

② 吉原式：一种头巾佩戴方法。将头巾折成两半放在头上，两端在发髻后打结，前面部分向左右两边张开。多见于艺人、卖货郎的装饰。

③ 粮店舂米式：将头巾左右两端从额头处卷至脑后，再向前卷，最后将尾部塞到左右两端头巾下，这是舂米人员为了防止米糠沾到头上的一种方法。

着什么。桥上的人看来，只是觉得滑稽不已。凡是有船载着伴奏或载着乐队从桥下通过时，桥上就会发出一阵"哇啊"的哂笑声来，其中还夹杂着"混账"之类的叫骂声。

从桥上看来，河流仿佛一块铁皮板，散发着白花花的日光。时不时经过的河运蒸汽船，以一层炫目的侧浪为河面镀了一层金。之后，在平滑的水面上，欢快的太鼓声、笛声、三味线声鼓噪起来，仿佛跳蚤般，让人觉得刺痒不已。从札幌啤酒的红砖墙壁尽头，到堤坝上遥远的对面，沉甸甸地点缀着的灰暗的、淡白色的事物，正是现在盛开的樱花。言问的栈桥①边上，似乎系着许多日式木船和划子。从这边看过去，它们正好被大学的船库②遮挡住了阳光，只是像一团杂乱无章的黑色在蠕动着。

不一会儿，又有一艘船从桥下穿过，向这边开了过来。从刚才开始已经有好几艘船经过，似乎是赏樱花的日式驳船。红白色的幔帐上，立着同样红白色的风向幡。两三个船夫头上缠着头巾——头巾是统一的样式，通体被染成了樱花的红色——在轮番摇橹撑篙。即便如此，船行的速度依然不够快。从幔帐的阴影里，可以看到大约有五十

---

① 言问的栈桥：现在的言问桥是昭和三年所架设。在此之前，到了赏樱时节，河岸上会临时架设栈桥。

② 船库：停放、收纳小船的仓库。

　　　　　　　　　　　　　　　　　　　　罗生门

个人头在攒动。船在行进到桥下前，有两把三味线在弹着《梅也春》还是其他曲子，一曲结束后，突然开始演奏起滑稽舞的伴奏来。伴奏中还夹杂着折钲①发出的锵锵锵的声音。桥上的看客们又迸发出一阵"哇啊"的哄笑声。其中还夹杂着被人群挤到哇哇大哭的孩子的哭闹声。只听得一个高亢的女声叫道："看那边，有人在跳舞。"——船上一个戴着火男面具的矮个子男人，在风向幡下面跳着滑稽舞。

火男将秩父绢平织和服的衣袖脱了下来，光着膀子，露出了花哨的和服衬衫。衬衫是友禅印染②的白底蓝花的袖子。黑色无花的厚绢织衣领胡乱地敞开着，深蓝色的金刚杵纹饰的博多腰带也松开了，无力地向后耷拉着。看起来，他似乎已经有相当的醉意。舞蹈自然也是一通乱舞——只不过是简单地重复比画着神乐堂上的愚者③的身姿或是手势。看起来因为醉酒，他的身体似乎已经不受控

① 折钲：配合笛子、太鼓的伴奏而使用的小型钲。用鼓槌打击乐器内壁发声。

② 友禅印染：宫崎友禅发明的印染方式，将扇绘的创意运用到布料印染上。也叫"友禅模样"。

③ 神乐堂上的愚者：神乐堂，指以所邀请的神灵的宝座为中心进行的一种祭典舞蹈，在宫中举行的称为"御神乐"，在民间举行的称为"里神乐"。"里神乐"的表演中有戴着愚者面具的角色，被称为"神乐堂上的愚者"。

制，有时候让人觉得，他手足并用地舞动着，只是为了防止自己失去重心，从船舷上跌落到水里罢了。

这情景让看客们更觉有趣，于是桥上开始吵吵嚷嚷起来。而且，人们都在一边哂笑着、一边互相交换着各种不同的评论。"如何，他扭腰的动作？""沾沾自喜的家伙，真不知道是哪里来的东西。""真滑稽。哎哟，又是一个跟跄。""要是没喝酒跳就好了。"——大致就是这样的一些论调。

这时候，不知是不是酒劲儿上来的缘故，火男的脚步渐渐开始变得奇怪起来。他那颗用赏樱花时的手巾包裹起来的脑袋，恰如一个不规则的节拍器似的，几次三番跟跟跄跄，几乎要跌向船外。船夫看起来也有些担心，一再提醒他要小心，然而对方似乎充耳不闻。

这时，刚刚通过的河运蒸汽船激起的侧浪，斜斜地从河面上翻滚而来，使日式驳船整个儿剧烈地摇晃起来。与此同时，火男那瘦小的身子仿佛猛地受了重重一击似的，晃晃悠悠向前跟跄着走了两三步，刚一站住，又突然像被按停的陀螺一般，骨碌碌画了一个巨大的圆，一瞬间，两只穿着针织衬裤的脚高高地向空中扬起，又四仰八叉地跌落到日式驳船之中。

桥上的看客又猛然发出一阵哂笑声。

　　　　　　　　　　　　　　　罗生门

此时，船中三味线的琴杆似乎也被折断了。从幔帐之间看去，原本喝得醉醺醺、瘫倒在一起、喧闹正欢的一众人，突然慌慌张张地或立或坐了起来。刚刚还在演奏的滑稽伴奏，也像是被捏住了嗓子喘不过气似的，同时戛然而止。随后，只剩下一群人乱哄哄的说话声。总之，肯定是发生了什么意想不到的混乱。之后过了好一阵，一个满面通红的男子从帷帐中探出头来，似有些狼狈地一面挥动着双手，一面快速地对船夫吩咐着什么。不一会儿，日式驳船不知为何突然向左打舵，掉转船头，开始朝着与樱花相反的山之宿①的河岸划过去。

桥上的看客们听到火男猝死的传闻，大约是在十分钟之后的事了。更加详细的情况，刊登在翌日报纸上一个名叫"十把一束"的综合新闻栏目里。报上说，火男的名字叫山村平吉，死因则为脑溢血。

※

自山村平吉父亲那一代开始，他们家里就在日本桥所在的若松町开画具店。山村平吉殁时年仅四十五岁，身后留下一个消瘦的、长着满脸雀斑的老婆，和一个正在参军

---

① 山之宿：指位于吾妻桥与言问桥之间的西岸上半部分的浅草山的宿町。

的儿子。家里的生活算不得富裕，但也雇有两三个用人，好歹比普通人过得殷实。听人说，在日清战争①时期，山村平吉将秋田一带的孔雀石颜料尽数收购，发了一笔横财。但在这之前，他的店只是一间老字号的铺子，前来光顾的老主顾也屈指可数。

平吉长着一张圆脸，头上有些许秃顶，眼角堆满了小皱纹，怎么看都有些滑稽感。但他对谁都是客客气气的，爱好只有喝酒这一项，不过在喝酒方面大概还算不错。唯有一点儿毛病，就是喝醉之后必定会跳滑稽舞。据他本人介绍，他跟着浜町的丰田女老板学习巫女舞时练习过。那时节，无论是新桥还是芳町，神乐都曾经风靡一时。但实际上，他的舞蹈根本没有他自吹自擂的那般好。说得难听一些，是胡乱地跳一通；说得好听一点儿的话，只能说相较他会跳的喜撰舞②而言更讨人喜欢罢了。尤其看得出来，他本人对此似乎也心知肚明，没喝醉的时候，他连"神乐"的半个字都从未说出口过。即便有人诱导他说"山村，露两手来瞧瞧吧"，他也只是打着哈哈来岔开话题，继而借故当场溜走。然而，只要稍微喝醉一点儿，他

---

① 即甲午中日战争。

② 喜撰舞：喜撰是日本传统曲目名称，是以"和歌六歌仙"之一的喜撰法师或其所作和歌为题材的曲目。

罗生门

就马上将手巾裹在头上，用嘴巴学着笛子和太鼓的调子，放低腰板、摇晃着肩膀，表演起火男面具舞来。而且，一旦开始跳舞，他就放肆起来跳个不停。他倒是并不太在意旁边是在弹三味线，还是在唱歌谣。

然而，正是这酒作祟，平吉曾经中风般地摔倒昏迷过两次。一次是在町内的澡堂里，泡完澡出来正冲洗身子时，他栽倒在水泥水池边上。当时只是摔到了腰，过了不到十分钟就苏醒过来。第二次则是在他自家的仓库中跌倒。当时叫来了医生，前后忙活了三十几分钟，才好不容易让他苏醒。每次医生都要平吉戒酒，但他也只是当着医生的面不喝红了脸，不过几日就故态复萌，之后就开始嚷着"只喝一合①"，继而逐渐增加杯数，不到半个月的时间，戒酒的努力不知不觉就前功尽弃。即便如此，他本人仍旧是满不在乎的样子，甚至还说一些诸如"要不喝两口的话，反倒对身体不好"之类任性的话来。

※

但是，平吉之所以要喝酒，并非他本人所说的那样仅仅是生理上的需要。实际从他的心理上看，他也是必须

---

① 一合：日本的一种度量衡，为一升的十分之一。也指很少的量，一杯。

喝酒的。这是因为，一旦喝了酒，他就会变得胆大起来，总觉得无论在谁的面前，他都可以保持一种毫无顾忌的心态，想跳舞的时候就跳，想睡觉的时候就睡。任谁都不会将这些归咎在他的身上。对平吉而言，这才是最难能可贵的事。为何会觉得难能可贵呢？这一点恐怕连他自己也搞不明白。

不过，平吉倒是很清楚，一旦喝醉，自己就会完全变成另外一个人。当然，在跳过滑稽舞、醒酒之后，当有人告诉他"昨晚你可真闹腾啊"的时候，他就会装出一副完全不记得的样子，回答说："好像我一喝醉酒，就没了正行。至于到底干了些什么事，今天早上酒醒过来，我就感觉像是做了一场梦似的。"他嘴上说着这样平淡无奇的谎话，而实际上不论是跳舞还是睡觉，他仍然记得一清二楚。而且，他将记忆中的自己和翌日酒醒后的自己进行比较，始终不认为那是同一个人。至于哪个平吉才是真正的平吉，这一点恐怕他自己也不能明确地区分开来。只不过喝醉是一时，而清醒却是经常，这样更容易让人觉得清醒时的平吉才是真正的平吉。但他自己却反倒很难说得清楚。之所以这样说，是因为平吉后来自己思考时认为，那些无聊的事大抵都是在醉酒后做出来的。喝醉后跳跳滑稽舞还算好，至于玩花纸牌赌博、买春，甚至一些难以用文字来描述的事情都做过。平吉很难认为会做这些事情的自己是真正的自己。

罗马有一个叫Janus①的守护神，长着两颗脑袋。没有人知道哪颗才是他真正的脑袋。而平吉也正是如此。

虽说平时的平吉与喝醉时的平吉不同，但可能也没有人像平时的平吉那般喜欢说谎了。平吉自己也时不时地这样认为。但是即便这么说，平吉也完全不是因为计较自己的得失而说谎。首先，他在说谎时，几乎没有意识到自己在撒谎。尤其是他在撒完谎之后，即便立马意识到自己在撒谎，但眼下谎言已经出口，他也已经完全没有了设想结果的余地。

平吉也不知道自己为什么会说谎。只是在和别人说话时，他自然而然地就会有意想不到的谎话脱口而出。但这也并不让他觉得苦恼，也不会让他感觉自己做了坏事。于是，平吉每天就这样若无其事地说起谎来。

※

据平吉自己亲口说，他曾在11岁那年去南传马町②的

---

① Janus：雅努斯。古代罗马的神。头上前后各有一张脸，司职守护门口。

② 南传马町：中央区的町名。多批发店。

纸店做过帮工。那家店的老爷疯狂痴迷于《大乘妙法莲华经》，甚至每天三餐前，一定要先诵唱"南无妙法莲华经"七个字的唱题之后再动筷子。但是，平吉过来试用刚两个月的时候，店里的女老板忽地心生冲动，抛家弃业，只身与店里的一个年轻伙计私奔了。原本老爷痴迷法莲经只是为了祈求一家安稳，哪曾想过没半点儿作用，一气之下他马上改换门庭，皈依了门徒宗。于是他又把帝释天的挂轴扔到河里，将七面神①的肖像扔到灶里烧掉，一时间闹得天翻地覆。

平吉一直在那家店里干到20岁。其间，他在店里做假账，又时不时地吃喝嫖赌，流连于烟花柳巷。那时候，还有个相好的女子曾约他一同赴死，可最终他却退缩了。他说了一些敷衍的话，总算将那女子应付了过去。之后再去打听时，听说那女子过了不到两三日，就和首饰店里的一名工匠殉情而死了。原来，曾经与这女子深深相爱的男人移情别恋，喜欢上了其他的女人，于是这女子便赌气似的，见谁都想拉着一同赴死。

再后来，在平吉20岁那年，他的父亲去世，于是他从纸店辞职回到自己家中。半个多月后的某一天，自家的

---

① 七面神：七面大明神的略称。为日莲宗的守护神。

掌柜前来请少爷平吉替他写一封信。这掌柜自打平吉父亲那代开始就一直在画店帮工，一直还算勤勤恳恳，如今已经年届五旬。那时，掌柜说自己右手的手指受了伤，提不动笔，于是想请少爷帮他写上"万事顺利，届时前往"的字句。平吉按他要求写完，看到收信人一栏是个女人的名字，于是打趣说"还真是人不可貌相啊"，掌柜回答说："这个人是家姐。"又过了两三天，这个掌柜对平吉说要去拜访客户，结果一去不回。等到核对账目时，平吉才发现账面上出现了巨大的亏空。那封信，果然是写给掌柜相好的女人的。平吉被掌柜愚弄着稀里糊涂地写了这封信，简直没有比这更荒唐的事情了。

但这些都是谎言。从平吉（为人所知）的一生来看，除了上述的这些谎言之外，想必什么也没有剩下。

※

平吉在町内的赏花船上，向伴奏的人们借来了火男的面具。他之所以会跳上船舷，大约也是和平时一样，几杯酒下肚，借着酒劲儿情绪高涨的缘故吧。

随后他开始跳舞，在船上跌倒而死。这在前面已经写过。船上的一众人都被吓了一跳。其中被吓得最厉害的是弹"清元"的三味线师傅。平吉跌倒时直接砸在了他的头上。当时，平吉的身体自清元师傅的头上滚落下来，接着又滚到日式驳船中间那摆满了海苔手卷、煮鸡蛋之类食物的红色毛毯上。

"别胡闹！摔伤了可怎么办？"町内的头头儿以为这又是平吉的恶作剧，便满心不悦地呵斥道。但是，平吉却一动也不动。

可是，头头儿旁边的剃发师傅总感觉哪里不对劲。于是他伸手去摇平吉的肩膀，并试着唤醒他："平吉老爷，喂！平吉老爷……"但平吉仍旧是毫无反应。他一摸平吉的手指，发现已经开始变凉。剃发师傅和头头儿两人一起将平吉抱了起来。大家都面露不安的神色，七手八脚地围拢到平吉的身边。"平吉老爷，喂！平吉老爷！"剃发师傅的声音开始变得尖锐起来。

这时，只听见微弱的声音从面具下方传来，剃发师傅一时分不清到底是呼吸声还是说话声。只听见"把面具……把面具给我取下来……把面具……"的声音陆续传进剃发师傅的耳朵里，于是他和头头儿一起颤抖着双手，将平吉头上的毛巾和面具摘了下来。

但是，面具底下平吉的那张脸，已经不再是平时人们见到的样子了。他的小鼻子塌陷了进去，嘴唇也变了颜

　　　　　　　　　　　　　罗生门

色，黏汗不停地从煞白的额头上往外冒。一眼看去，任谁都想不到，眼下这个人就是那个可爱滑稽又能言善辩的平吉。唯一不变的，只有仰面躺在日式驳船中间红色毛毯上的那个噘着嘴、摆出一副装傻充愣表情的火男面具，一直在那里，静静地仰望着平吉的脸庞。

大正三年（1914年）12月

仙人

※

上

这是何时的故事，已经不得而知。

在北部中国的城镇之间，有一些露天摆摊的杂耍艺人往来其间。其中有一个名叫李小二的人，干的是驱鼠演戏的行当。他的全部家当，是一个收纳老鼠的布囊、一个装戏服和面具的衣柜，还有一副用作演戏舞台的摊床似的物件。除此之外，别无他物。

天气好的时候，李小二就往人流熙熙攘攘的十字路口一站，先是把摊床似的物件背到肩膀上，接下来敲响鼓板，唱起歌谣，以吸引看客。街道上好奇的人和事颇多，因此，不论大人还是孩童，听到鼓板声响起，往往没有一个不驻足观看的。于是，待四周被人群围得城墙般水泄不通时，李小二才开始从布囊中摸出一只老鼠，先给它穿上戏服、戴上面具，再让它从摊床的鬼门道①登上舞台。老鼠看起来也是早已习惯演出，迈着小碎步爬上舞台，夸张地将那早已泛着绢丝般光泽的尾巴三摇两摇，稍稍踮起后脚跟站了起来。印花布的戏服下面，可以清楚地看到它前脚掌微微泛红。——这只老鼠，是接下来即将上演的杂剧里所谓的楔子。

　　于是，看热闹的人群中，孩子们从一开始就饶有兴味地鼓起掌来，大人们则不会轻易展露出感兴趣的表情来。反而是漠然地叼着烟杆儿，摆出一副早已看透对方把戏的派头，眼神里充满了不屑的神情，凝望着在舞台上盘旋表演的老鼠。但是，随着表演曲目的推进，待穿着锦布零头做成的戏服的正旦老鼠，以及戴着黑色面具的净角老鼠陆续从鬼门道爬出来，或跳或弹，随着李小二所唱的曲目或其间插入的念白，做出各种各样的动作时，看客们早已按捺不住，装出来的冷淡也消失不见，渐渐地跟着周围的人群发出"好嗓门"的叫好声。李小二此时才得心应手起来，只见他忙不迭地敲打着鼓板，灵巧地驱使着整个剧团的老鼠。待他唱到诸如"沉黑江明妃青冢恨，耐幽梦孤雁汉宫秋"之类的题目正名时，那摊床前摆放的盆子里面，铜钱早已堆成一座小山……

---

　　① 鬼门道：元曲的舞台装置之一。为演员的出入口，相当于日本能剧舞台上的"桥悬"。

但是，想依靠这样的买卖糊口，也绝非易事。最怕的就是接连十余日的坏天气，一旦如此他就没有任何收入，无法过活。夏日里，从麦子成熟时分开始就进入了雨季，连表演用的小戏服和面具，都不知不觉开始发霉。到了冬天，寒风一刮、大雪一下，动不动生意就得黄。到了这步田地，李小二也没有别的办法，只得找个昏暗的客店角落，陪着一群老鼠，打发着无聊的时间。平日里每天过得匆忙，此时他却迫不及待地希望这太阳能早一点儿落下山去。老鼠一共有五只，李小二分别用自己父亲、母亲和妻子，以及两个早已不知生死的孩子的名字给它们起了名字。这时候，老鼠们接连从布袋口往外爬出来，有的颤颤巍巍、胆战心惊地在没有一点儿热气的房间里走动，有的则顺着鞋尖儿爬上李小二的膝头，像表演危险的杂技一般一面向上爬着，一面用那玻璃珠似的黑漆漆的眼珠子，盯着主人的脸。见此情此景，纵使是尝惯了人世间悲苦的李小二，也忍不住时常落下泪来。如字面意思，这里之所以说的是"时常"，是因为他还得顾虑明日的生活，并且压抑这份忧虑带来的心无所依的不愉快之感，这已经完全占据了他的内心。老鼠虽也让人垂怜，但多数时候已经不能让他的内心产生涟漪。

　　加之，随着年纪的增长，此时李小二的身体状态也

罗生门

变得差起来，渐渐地连对用以谋生的鼠戏买卖也显得力不从心。当唱词中稍有旋律较长的段落时，他就上气不接下气，嗓门儿也不如当年那么清脆。而到了此时节，或许不知道在哪天，在哪个地方就再也爬起不来了。——这种不安的心情，正如中国北方的寒冬一般，从这个可怜的杂耍艺人的心里涌起，将所有的日光和空气都阻断，最后，甚至连像普通人那样活下去的想法，都被无情地抹杀掉了。为什么活下去会这么辛苦？为什么即便这么辛苦还得活下去？当然，李小二压根儿没有思考过这样的问题。然而，他却想过这种苦楚似乎有些不妥。而带来这些苦楚的究竟是何物，李小二是想不明白的。他只是本能地觉得有些憎恶。或许，李小二对任何事情都带有的、漠然的反抗心理，就是这种下意识的憎恶感所带来的吧。

但是，即便如此，李小二也并不像所有的东方人一样，会在命运的面前展现出比较屈从的意志来。风雪交加的这一日，在客栈内的一个房间里，日暮途穷之时，他强忍着腹中饥饿，对着五只同样饥饿的老鼠这样说道："忍着吧。连我也饿着肚子，忍着寒风呢。反正要继续活下，就得忍受苦难。话说回来，相比之下，做人可比你们这些老鼠辛苦多了……"

中

天阴沉欲雪。不多时，雨雪夹杂着从天上落下。狭窄的街道上竟然满是没胫的泥泞。一个寒冷的午后，李小二做完买卖正要回客栈。他和往常一样将装老鼠的布囊搭在肩上，却因为没有带伞，早已被淋成落汤鸡。于是，只好步行来到远离街道的、人迹罕至的小路上来。小路旁有一座小庙。这时，雨开始下得比之前更猛了。李小二缩着肩膀继续赶路，鼻尖上开始有雨滴垂下来，衣襟也被雨水濡湿。正在走投无路之际，李小二一看到庙宇，就慌忙冲到屋檐下去避雨。他擦了擦脸上的水滴，再把衣袖上的水拧干，终于喘过一口气，他才缓缓回头看庙门上的匾额，只见上面写着三个字：山神庙。

庙门敞开着，从庙门入口再往上攀两三个台阶，就能看到里面的情形。庙比想象中的还要小。正面是一尊金甲山神，塑像早已被蜘蛛网铺满，茫然地等待着日落。右边是一尊判官。也不知道是谁恶作剧，判官的头不见了。左边是一尊小鬼，红发绿面、面目狰狞。但不巧的是鼻子也掉了。雕像前是落满灰尘的地板，上面堆积着厚厚的纸钱。在微暗中，金纸、银纸隐约反射出点点光亮。

李小二能看清的就这些，于是他准备将目光从庙内移到外面。这时，有一个人从纸钱堆里露了出来。准确来说，这个人一直都蹲在那里，只是李小二刚刚适应了微暗的环境，才看清那里有个人罢了。但是对他而言，这个人仿佛突然从纸钱中现身出来一般。因此，他不禁稍稍打了个寒战，一面战战兢兢地悄然窥视那个人，一面带着一副欲看又止的表情。

那是一个老人。他身上穿着一身满是泥垢的道服，头上的发髻乱糟糟的，像个鸟窝，看起来狼狈不堪。（"哦哦，原来是乞讨的道士啊。"李小二这样想着。）老道士用双手抱着瘦削的两膝，下巴搭在膝盖上，长长须髯就四散在膝盖上。他睁着眼睛，但不知道在看什么。道服上两肩处被淋得湿透，看来他也是遇到这场雨，才进来避的。

李小二看到老道士时，突然觉得自己必须跟他说些什么。一是因为老道士被雨淋成落汤鸡，让他觉得有几分同情；二是因为世故，李小二不知从何时养成了在这种场合下主动跟别人搭话的习惯。或者说，除此之外，兴许是为了从刚才恐怖的心情里解脱出来。李小二说道：

"这鬼天气，真烦人啊。"

"是啊。"老道士把下巴从膝盖上抬起来，开始望向李小二这边。他两三次夸张地翕动着好似鸟嘴那样弯曲着的鹰钩鼻，瓮声瓮气地答道。只见他眉宇紧锁，向李小二这边看过来。

"做我这种买卖的人，没有比遇到下雨更让人沮丧的了。"

"哦。您是做什么买卖的？"

"我是驱鼠演戏的。"

"这倒是少见。"

就这样，两个人逐渐开始交流起来。聊着聊着，老道士也从纸钱堆里走了出来，和李小二一道，在入口的台阶上坐了下来。这回李小二终于看清了他的模样。老道士形容枯槁，但比刚刚在庙内看起来稍微好了一些。李小二装作一副找到了一个好的倾诉对象的样子，将布囊和箱子放在了台阶上，准备用对等的语气，和老道士好好聊聊。

老道士看起来沉默寡言，也不能给李小二一个满意的回应。他总是说着"原来如此啊""这样啊"之类的话语，由于嘴里牙齿掉光了，每次回应时好像嚼着空气一般嚅动着。下巴上的须髯根儿上已经变得有些脏污泛黄，说话时也随着嘴巴上下动着——如此看起来是相当寒酸。

李小二将自己和老道士一比，发现自己从所有方面看都算是生活上的胜利者。这种自我感觉在他自己看来，自然不是一件不愉快的事情。但是，与此同时，李小二突然感觉在自己是生活上的胜利者这一点上，不知为何竟然对老道士产生出一种愧疚的心理。于是，他将谈话的主题放到自己生活如何困难上，并且将自己生活的这种痛苦刻意夸大。他之所以这样说，完全是因为自己被刚才的愧疚心理所烦恼。

"一说到我的生活，那真的是一把鼻涕一把泪啊。常常一天也混不上一顿饱饭。刚刚我还在想着，与其说我是驱鼠演戏混口饭吃，不如说是老鼠让我干这样的买卖，来养活它们自己。其实我想，应该就是这么回事。"

李小二垂头丧气地说出了这样一句话来。老道士依旧沉默不语，和之前一样，没有任何变化。于是李小二的神经变得比之前更加极端起来。"老先生莫非将自己说的话听成了另一番意思？早知道就不该说这些多余的话，沉默着岂不是更好？"李小二禁不住在心里将自己骂了起来。于是，他悄悄地瞟了一眼老道士的样子。道士将脸瞥向另一边不看他，望向庙外被雨打的枯柳。同时，他用一只手不停地搔着自己的头发。虽然看不见他的表情，但仿佛他早已将李小二的内心看了个通透，根本不想理睬对方。李小二多少感觉有些不快，但他更恼火自己的同情心没能彻底表达出来。于是，接下来他把话题扯到了今年秋天的蝗灾。李小二想象着，从本地所蒙受的惨祸谈到一般农户们的窘困，以此来正当化老道士的窘境。

但是，就在李小二喋喋不休之时，老道士把脸朝李小二转了过来。他满是皱纹的脸上，仿佛忍着笑意一般，使得整个肌肉都显得紧张起来。

"你好像在同情我，是吧？"老道士终于忍不住，大声笑着说道。这笑声仿佛乌鸦啼叫。他用那尖锐、同时又嘶哑的声音笑道："我并不缺钱。你要是需要钱，我倒是可以给你一些，帮你过活。"

李小二的话被拦腰截断，只是呆若木鸡地看着老道士的脸。（这老家伙，是不是疯了？）——在一阵短暂的目瞪口呆，继而一阵沉默不语之后，李小二终于回过神来。然而刚一回神，又立即被老道士接下来的话给打断了。

"要是一千镒①、两千镒的话，我现在就可以给你。其实，我并非凡人。"接下来，老道士开始简短地介绍起自己的经历。他原本是镇里的屠夫，偶然遇到吕祖，向其学得道术。说完之后，老道士徐徐站起身来，进到庙中。他一只手招呼李小二进来，一手将地板上的纸钱拢到一起。

李小二仿佛失去了五感一般，茫然地爬进庙中。双手按在满是老鼠粪便和尘土的地板上，做出叩拜的姿势，只

---

① 千镒：镒是金币的重量单位。1镒指20两，或24两。

是把头向上抬起，从下往上仰望着老道士的脸。

老道士弯着腰，看似有些痛苦地向前探着，双手把聚拢在地板上的纸钱捧起来。然后，他双手合掌开始搓起纸钱来，再忙不迭地向自己的脚下撒出去。只听得锵锵声响，黄白之物跌落至地板发出的声响，顷刻之间压过了庙外寒雨的声音。——撒落的纸钱，在离开老道士双手的瞬间，立刻幻化成了数不尽的金钱和银钱……

李小二在这场钱雨中，始终趴在地板上，失神地仰望着老道士的脸庞。

下

李小二终于获得了陶朱之富。当偶尔还有人怀疑他得遇仙人的事迹时，李小二就会将当时老道士写给他的四句偈语展示出来。我很久很久以前不知在哪本书上看过这个故事。然而遗憾的是，我记不全原本的偈语究竟是怎么写的，所以只好将中文的大致意思翻译成日文写下来，作为这个故事的结尾。只是，据说这几句话是李小二在询问老道士为何在成仙之后还要化作乞丐游荡世间时，老道士给予的回答。

"人生有苦，可以为乐。人间有死，以之知生。死苦共得脱，甚为无聊。凡人有死苦，仙人不若。"

如此看来，恐怕是仙人也怀念人间的生活，特意来此寻找苦楚的感受吧。

大正四年（1915年）7月23日

罗生门

罗生门

※

这是某日傍晚发生的故事。

一名下人在罗生门下等雨停。在宽阔的门楼之下，除了这名男子之外并无他人。门楼巨大的圆柱处处朱漆剥落，只有一只蟋蟀停留于此。罗生门①位于朱雀大道之上，似乎本应还有三三两两戴着市女笠②和揉乌帽子③的人来此躲雨。但此时的罗生门下却只有他一个人。

之所以如此，是因为这两三年来，京都地震、旋风、火灾、饥荒不断发生。因此，京中凋敝的并非只有这一条街道。旧记④记载，当时人们将佛像和佛具打碎，把那些涂着红漆和贴着金箔银箔的木头堆积在路边，当作柴火售

---

① 罗生门：位于平安京（京都）中央大道的门楼。今位于东寺以西的罗生门遗址。

② 市女笠：用菅叶编织的中高帽斗笠。原本是市场上卖东西的女性戴的帽子，平安时代中期以后主要是上流女性外出时使用。

③ 揉乌帽子：未硬化处理的软乌帽子，常用于头盔下。

④ 旧记：古代的记录。这里指芥川龙之介选为本作品素材的《今昔物语》卷二十六第十七，以及《宇治拾遗物语》卷一第十八。

卖。连京中都是这一副模样，罗生门的修缮就更是无人问津。于是这里就完全荒废下来。狐狸在此搭窝，盗贼也在此落脚。直至后来，无人认领的死尸也被专门抬到这里丢弃。因此，一到太阳落山之时，此处颇为瘆人，再也没有人愿意在这座门楼附近停留。

相反地，乌鸦则不知从何处飞来大量聚集于此。白天，成群的乌鸦在天上盘旋着，在高高的雕瓦周围"嘎嘎"啼叫着，四处乱飞。特别是在罗生门的上空，晚霞出来的时候，乌鸦在血红的天空仿佛撒上了一把黑芝麻一般清晰可见。毋庸置疑，乌鸦来此就是为了啄食罗生门上的死人肉。——但是今天，不知道是否因为时间太晚，一只乌鸦也没见着。只能看到在行将倒塌、裂缝里早已杂草丛生的石阶上，沾满了星星点点、白花花的乌鸦粪便。下人找到一处七级石阶，在最上面一级，将已经洗得发白的藏青色袄子的一角垫在屁股下面坐下。他一面关心着右脸颊上肿起的面疮，一面失神地望着天空中飘下的雨水。

我刚刚写到"下人在等雨停"。但实际上，即便是雨停了，下人也不知道接下来要干什么。要搁在平时，他当然应该回主人家。但是就在四五天前，他已经被主人家扫地出门了。正如前面我所写的，当时京都的街道并不只是一条街的衰败。而如今，这个下人被常年使唤的主人赶走，也不过是这种衰败所带来的极小的余波罢了。因此，与其说"下人在等雨停"，不如说"困在雨中的这名浪人无处落脚，穷途末路"更为恰当。而且，今天的天气状况也对这个平安时代的浪人的感伤情绪①带来不小的影响。申时后开始下起来的雨，到现在仍没有停歇的迹象。因此，浪人一边为明天的生计而发愁——但真要说起来却也是毫无头绪——想做点什么却又不知从哪里着手，一边百无聊赖地听着从朱雀大道之上传来的雨声。

雨势将罗生门裹挟其中，由远及近"哗哗"地袭往这边来。夜色也越发地将天空拉得更低。抬起眼梢，可以看到罗生门的屋顶，那斜斜翘起的屋脊的尖儿上已经被厚重的暗云压了上去。

然而，浪人当下无计可施却又必须做些什么，因而无暇去选择谋生的手段。如果硬要选择的话，他唯一能选的是要么饿死在土墙根儿下，要么饿死在路边，之后再被人像丢弃一只死狗般地拖到这座门楼上来。若是不选的话——浪人的想法，随着自己在这条道上逡巡不知道反复过多少次，最终却被困在这大雨之中。但他内心"若是"的念头，无论过了多久，结果仍是一个空空的念头。浪人

---

① 感伤情绪：法语 senntimenntalisme。

一面肯定自己不去选择谋生的手段，另一面却止不住去考虑"若是"的思绪。当然，这也只是为了将来自己万一沦落为盗寇之时，还能有一番"为盗亦因别无他途"的说辞。不过当下，连这种内心的积极暗示的决心，他也暂时拿不出罢了。

浪人突然打了一个大大的喷嚏，之后费力地挣扎着站起身来。京都现在傍晚微凉，寒气起时甚至让人不禁想去找个火盆抱着。寒风也伴随着夜幕从门柱与门柱之间肆无忌惮地吹过来。连朱漆的柱子上停留的那只蟋蟀，也早已不知去向。

浪人一面缩着脖子，将山吹色的汗衫①外套着的藏青色袄子的领口往上紧了紧，一面向罗生门的周围张望着什么。如果有个可以不惧刮风下雨，也能避开别人目光的地方好好休息一晚的话，哪怕是罗生门也无所谓。总之只要能过夜就行。幸好他一眼看到了能上门楼的那条宽阔的朱漆楼梯。门楼上面，即使有人也应该是些死尸吧。于是，浪人一手按住圣柄②的太刀，小心翼翼地不让刀鞘晃动，将一只穿着蒿草鞋的脚踏上了梯子的第一级台阶。

之后不知过了几分钟，在通往罗生门门楼的宽梯中

---

① 山吹色的汗衫：山吹即棣棠花，山吹色的汗衫指吸汗用的黄色单衣。

② 圣柄：未包鲨鱼皮、没有装饰的刀剑的木质的柄。

　　　　　　　　　　　　　　　　　　罗生门

间位置，有一个男人猫着腰、蜷缩着身体，屏住呼吸，窥探门楼上面的情形。门楼上有昏暗的火光，隐约地在这人的右脸颊上闪动。这张脸上除了短短的胡须，还有发红化脓的面疮。浪人原本不屑地以为，这门楼之上应该只有死尸。但沿着梯子向上走了两三级之后，他看见上面似乎有人点着灯火，而灯火还在四处晃动着。这昏黄的光亮照得铺满蜘蛛网的天花板上残影摇曳。于是，浪人瞬间明白过来：除自己之外，在这雨夜里，在罗生门之上，还点着灯火的，至少不会是一个普通人。

浪人如壁虎一般，悄无声息地爬上了陡峭的梯子最上一级阶梯，然后尽量地将上半身匍匐着向前伸直，尽量地伸长脖子，战战兢兢地往前面的门楼里窥伺。

往门楼里放眼望去，果不其然，如传闻一样，几具尸体横七竖八地被胡乱丢弃在楼内。由于火光所及之处极为狭窄，因此到底有多少尸骸也不得而知。火光朦胧之间，能看到的死尸有的浑身赤裸着，有的还穿着衣服，自然其中有男也有女。很难想象，这些尸骸曾经都是活生生的人。此时此刻，他们像泥土捏成的人偶一般，张大了嘴巴，伸直了双臂，躺倒在地板之上。在微弱的火光之下，肩膀和胸口等隆起的部位隐约可见，而其他身体部位则在阴影之下显得更加模糊不清。然而，他们都永远地保持着沉默，如无声的聋哑人一般。

这些尸骸散发出的腐烂臭味让浪人不由得掩住了鼻子。但就在下一个瞬间，这只手已经忘记继续掩住鼻子遮臭。某种强烈的情绪几乎完全将他的嗅觉剥夺了。

就在此时，浪人才看清在这群死尸之间，居然蹲着一个活人。这是一名老妇人。她穿着一件桧皮色①的衣服，身材瘦小、满头白发，看起来宛如一只老猿。她右手举着一块松木火把，盯着一具死尸。那具死尸头上还有着长长的头发，看起来多半是一具女尸。

在六分恐惧和四分好奇心共同驱使之下，浪人竟一时间忘记了呼吸。借用古记作者的话来说，这就是一种"浑身汗毛竖立②"之感。老妇把松木火把插进地板的缝隙里，接着将刚刚一直盯着的死尸的脑袋抱在怀里，看起来就像母猴给小猴子抓虱子一样，开始一根接一根地将死尸头上的长发拔下来。死尸的头发也就随着老妇的手指一根根地被拔了下来。

眼看着死尸的头发一根根被老妇拔下来，浪人内心的恐惧也逐渐消散开去。与此同时，他内心对老妇的强烈憎恶感也逐渐升腾起来。不，如果说是对于这名老妇人的憎

---

① 桧皮色：红紫色略偏黑的颜色。

② 浑身汗毛竖立：形容恐惧。此句出自《今昔物语》。

恶感，可能有些语病。更准确来说，应该说他内心对所有恶行的反感，随着时间的流逝在逐渐增加。此刻，如果还有读者记得故事前面浪人在门楼下时，思考是选择饿死抑或为盗的问题，无疑此时的浪人恐怕会毫不犹豫地选择饿死。如此一来，浪人对恶行的憎恶之心，如同老妇人插在地板缝隙里的松木火把一般，开始熊熊燃烧起来。

当然，此时浪人并未能知晓老妇为何要去拔死人的头发。按道理，他此时内心还不能确定应该倒向善恶天平的哪一边。但是，对浪人而言，仅凭在这雨夜里、在这罗生门之上拔死人的头发这一件事，就可以判定老妇的行为是不可饶恕的罪恶。想到这一层，浪人早就将自己不久前在门楼下时还在犹豫着要不要为盗的念头抛到九霄云外。

只见他双脚用力一蹬，猛地从梯子上跳起，一手按住圣柄的太刀，大跨步地来到老妇的近前。老妇吃了一惊。一见到浪人的模样，佝偻的身子也像拉满的弓弩，腾地跳了起来。

老妇跪在死尸旁边，慌忙之中想寻找逃路。浪人拦住老妇的去路，骂道："混账东西！哪里走？"

老妇仍忙不迭地想避开浪人。浪人却再一次拦住，推搡着将老妇按回到地面。两人在尸骸中间依旧保持着掐架的姿势，沉默良久。但从一开始就决出了胜负。终于，浪人抓住了老妇那如鸡爪般只剩下皮和骨头的手腕，一下将她扭倒在地。

"在干什么，快说！要是不说，我杀了你。"

浪人一手松开老妇，紧接着拔掉太刀的刀鞘，将明晃晃的刀刃抵到了老妇的眼前。但老妇依旧沉默不言。她两手微微颤抖着，一面努力压抑着自己的呼吸，瞪大两只眼睛看着浪人，似乎要把眼球从眼眶里挤出来，但是嘴巴却执拗地紧闭着，像哑巴一样继续沉默着。见此情形，浪人才意识到这名老妇的生死完全在自己的一念之间。一旦意识到此，浪人刚刚那燃烧起来的憎恶之心在不经意间冷却下来，剩下的只是圆满地完成某项工作之后，所获的那种稳稳的得意与满足。想到这一点，浪人的声音不禁变得柔和了许多。他俯身看着老妇说：

"我不是检非违使①衙门的差役，只是从此门下路过的旅客。放心，我不会将你绑到衙门或是怎样。只不过，我想知道这个时候你在这罗生门上做什么，说了我就放过你。"

这时，老妇刚才睁大的双眼似乎又瞪得更大了一些。她那双眼眶通红，宛如食肉鸟类的锐利目光死勾勾地盯着

---

① 检非违使：取缔京都内的犯罪行为、维持秩序的职位。

　　　　　　　　　　　　　　　　　　　罗生门

浪人的脸看了许久，才蠕动了一下自己那满是褶皱、几乎与鼻子塌落在一起的嘴唇，像是在咀嚼某物似的，凸起的喉结在细细的脖子上上下移动着。这时，从喉咙里传出似乌鸦啼叫的声音，断断续续传到浪人的耳朵里。

"我想，把这头发拔下来，把这头发拔下来，做成假发。"

浪人对于老妇这意料之外的普通答案，却感到失望起来。在感到失望的同时，先前的憎恶感混杂着冷冷的轻蔑，一齐涌上心头。这个情绪似乎也被老妇人所察觉。她一手拎着从死尸头上拔下来的长头发，一面用她那如蟾蜍低鸣般的声音，吞吞吐吐地说道："也是。拔死人的头发①或许也是某种罪恶。但是，在这里的死人哪个活着的时候没有干过这些勾当呢。"老妇接着说，"就说现在被我拔头发的这女子吧。她生前把蛇肉切成四寸长短晒干，当作干鱼卖到东宫坊的御所警备营②里去。要不是染了疫病死掉，恐怕现在还在往那边卖呢。话说回来，警备营的武士们还夸她的干鱼好吃，一顿不落地要买回去做

---

① 拔死人的头发：《今昔物语》中第十八话讲述了一个打算偷盗的男子登上罗城门后发现一老妇正在拔死去女子头发的故事，《罗生门》即取材于此篇。

② 东宫坊的御所警备营：东宫坊警卫营的武士，也叫"带刀侍卫"。从众多武士中选拔30名武艺高强者，作为带刀卫士。"营"指武士的卫所。

菜。""但是我并不认为她做的事情有什么不对，她不这么做，最终也得饿死。这也是没有办法的事。所以，您也不要认为我现在做的事情有什么不对。我不这么做，最终也得饿死。这也是没有办法的事。这个女子应该知道我也只是为了求生而已，相信她也能原谅我所做的事情吧。"老妇絮絮叨叨地，反复说着这样的话语。

浪人将太刀收进刀鞘里，左手按在太刀的刀把上，冷冷地听着老妇的话。右手则丝毫不闲着，若有所思地抚摸着脸上已经变红化脓的大面疮。听着听着，浪人的心里似乎已经暗暗下定决心。这份决心，本应在门楼之下时就下定的。这与刚刚登上门楼，抓住老妇人的那股劲儿截然相反：浪人不单单不再为该为盗还是饿死街头而烦恼，在他的心中，他早已将饿死街头这一选项抛诸脑后。

"那，就这么办！"

浪人听完老妇的话，不禁发出自嘲般的声音自言自语道。于是大跨一步向前迈去，右手突然从脸上的面疮移开，猛地抓住老妇的领口，咬牙切齿地说道："那，我剥了你的衣服你可别怨我啊。要是不这么做的话，我也得饿死。"

浪人迅速剥掉老妇人身上的衣服。老妇死死抱住浪人的腿不撒手，浪人粗暴地一脚将她踢倒在死人堆里。这里

罗生门

离梯子口也不过区区四五步的距离。浪人将刚刚从老妇身上扒下来的桧皮色衣服夹在腋下，一溜烟下到陡峭梯子的下面，匆匆消失在夜色中。

仿佛过了许久，老妇人像旁边的死尸一般躺在地板上一动也不动。又过了一会儿，她才从死人堆里挣扎着直起已经被剥得精光的身子。这一切其实都在短时间内发生。老妇人嘴里响起好像在嘟囔，又好像在呻吟的声音，借着还在毕毕剥剥燃烧着的松木火把的微弱火光，朝着梯子口爬过去。趴在梯子口上，老妇人瞪大眼睛望向门楼的下面，那一头短短的白发向下垂着，仿佛要从头上站立起来。然而，外面剩下的，只有黑洞洞的一片夜色。

浪人的去向，再也无人知晓。

大正四年（1915年）9月

鼻子

※

一提到禅智内供①的鼻子，在池之尾②无人不知，无人不晓。那鼻子长约五六寸，从上嘴唇一直下垂到下巴底下，形状从鼻根到鼻尖都同样粗细，就好似一条细长的香肠般的物件，从脸的正中间随意地耷拉下来。

内供已经年过半百，职位也从沙弥一直升到了现如今的内道场供奉，但他的心头始终为这个鼻子而烦恼不已。当然，在表面上现如今已是摆出一副没有那般在意的神情。实际上，作为一个专心修行、渴求来世降生净土的僧人而言，一味地担心自己的鼻子，似乎不是一件光彩的事。相比之下，更让内供厌烦的，还是被人诟病自己对鼻子的忧心。因此，内供在日常的叙谈之中，就特别忌讳

---

① 禅智内供：民部少辅行光之子。内供是内供奉僧的略称。从广大的高德僧人中遴选十人，选入宫中的内道场服务，为天皇的健康等祈福诵经。作品的典籍出处为《今昔物语》卷二十八第二十。同时《宇治拾遗物语》卷二第七中也有收录。

② 池之尾：位于京都府宇治郡的地名。

"鼻子"这个词语的出现。

内供感觉自己的鼻子是个累赘有两个理由。首先是现实上面临的问题，鼻子太长在生活中多有不便。最大的问题是，自己一个人连吃饭都没法完成。如果自己独自进食，鼻尖就会杵到金属制的碗内的饭里去。因此，内供只得让一个弟子坐到饭桌对面，在整个进餐期间，拿着一块长二尺宽一寸的木板，把自己的鼻子给挑起来。但是这样一来，单就用餐这件事而言，无论是挑鼻子的弟子，还是被挑鼻子的内供，都绝对不是一件轻松的事情。有一次，中童子①在代替弟子挑鼻子时，突然打了一个喷嚏，同时双手一颤，把内供的鼻子掉到了稀粥之中。这个事情当时甚至流传到京都那边，引得一片聒噪。——即便如此，这仍然绝对不是内供为自己的鼻子苦恼的主要原因。实际上，内供因为鼻子的事被伤到了自尊心，才因此痛苦不已。

加之，池之尾城镇上的人们，都在传言说，禅智内供幸得是个出家人，不然长着这么一条鼻子，任谁都不愿意嫁给他做老婆。其中甚至还有人反对说，内供正是因为长着这么条长鼻子才出的家。但是，内供并没有因为自己是

———————
　　① 中童子：寺庙中雇用的少年，多为十二三岁，在法会上打下手或在高僧外出时陪伴。

名僧人，就少了几分因鼻子带来的烦恼。内供的自尊心，由于受到诸如没能娶妻之类的结果性事实的左右，而生出格外的敏感来。于是，内供尝试着从积极和消极两个方面，来修复损毁的自尊心。

内供首先想到的是，如何让自己的长鼻子看起来比实际上短的方法。在四周无人之时，内供就对着镜子，从各个不同的角度观察，积极地进行各种尝试。然而，只是转换脸的位置，并不能使他安心，于是他又试着用手托起腮帮，或者把手指放到下巴颏儿上，不厌其烦地从镜子里面观察。但可惜的是，无论怎么尝试，鼻子始终看起来并没有变得自己想象中的那么短。有时候，他发现越是煞费苦心，越是感觉自己的鼻子反而看起来变得更长了。每当到了这时候，内供就只好一面把镜子放进木匣里，一面叹着气一面摆出一副无可奈何的表情，不情不愿地回到之前的经桌前，接着诵读起《观音经》。

除此之外，内供又开始时不时在意起别人的鼻子来。池之尾的寺庙里，经常举办供僧讲说的活动。在寺内，僧房建得密不透风，浴室里也有僧人成日烧着热水。因此，出入这里的僧俗甚多。于是内供也坚持不懈地在这人群中物色着那一张脸。若是能找到一个跟自己类似的长鼻子的话，那就能放下心来。因此，在内供的眼中，就再也没有藏青色的水干狩衣①抑或白色的经帷子②，至于平日里司空见惯的橙红色帽子、墨色法衣等则更是视而不见了。内供的眼里再也看不到人，只能看见鼻子。——但是，尽管有人长着一副鹰钩鼻，却没有一个长着和内供一样鼻子的人。随着找不到的失望逐渐积累，内供的内心也越发不快起来。在与人交谈之时，他也不自主地想把下垂的鼻尖捏住，明明年纪已经不小了，却仍会面红耳赤。这完全是自己的这份不快之情所驱动而产生的。

最后，内供甚至想在内典外典③之中，寻找出一位和自己一样拥有长鼻子的人物来。这样一来，至少能给自己的内心带来些许安慰。但是，无论是哪部经文里，都没有记载目连④或者舍利弗⑤长着一副长鼻子。更不用说龙树⑥

---

① 水干狩衣：简称"水干"。"水干"是指不用糨糊，用水濡湿后直接铺平晾干。"狩衣"为平安时代之后下级官员平时所穿的服饰，因原本是狩猎时所穿的布衣而得名，后为日本神道教神职人员的服装。

② 经帷子：通常为夏季穿着，是由麻、木棉、绢等制成的单衣。

③ 内典外典：内典指佛教的典籍。外典则指除此之外的一般书籍。

④ 目连：释迦的高徒之一，神通第一。

⑤ 舍利弗：释迦的高徒之一，智慧第一。

⑥ 龙树：菩萨名，是公元2世纪出生于南天竺的僧人，著名大乘佛教理论家。

或马鸣[1]，也都只是长着普通鼻子的菩萨。后来，内供听闻在中国的三国时代，蜀汉皇帝刘玄德长着一副长耳朵，当时他就想，如果他是长着长鼻子的话该多好，这样自己兴许就不会再心中不安了吧。

内供一方面煞费苦心地用这种消极的心理暗示来安慰自己，另一方面也在积极地尝试能让自己鼻子变短的方法。这里已无须赘言。在这方面他几乎尝试了所有的方法：或是将王瓜熬水服用，或是将老鼠尿涂抹到鼻子上。然而无论做什么，鼻子依然是五六寸长，随意地耷拉到嘴唇上。

到了某年的秋天，内供的一个弟子上京，顺带替他办事时，从相识的医生处求得一个能让鼻子缩短的偏方。说到这名医生，原是从震旦[2]渡海而来，后进长乐寺[3]做了一名供僧。

内供像平时一样，装作自己并不将精力放在鼻子之类的东西上的样子，还故意不说自己想马上尝试这个方法。而且与此同时，还以轻松的口吻，在每次进餐时，说着给弟子添麻烦、觉得难为情之类的话语。在他心里，自然是

---

① 马鸣：与龙树同一时期的西印度大乘佛教理论家。

② 震旦：中国。

③ 长乐寺：位于京都市东山区圆山公园之上。

罗生门

期待着弟子能主动来说服他尝试这个方法。弟子也并非不了解内供的这个伎俩。虽然对此做法心存反感，但对于内供采取这一策略的心理，弟子更多地生出了一份同情。于是，如同内供内心期望的那样，弟子苦口婆心地开始劝说他尝试这个方法。当然，内供自己也如弟子所期望的那般，积极地听从了劝告。

然而这个所谓的方法，却极为简单：只要将鼻子浸到热水中，再让人踩踏即可。

寺庙的浴室里每天都在烧着热水。于是，弟子将几近沸腾、热得手指都不敢放进去的热水装进桶里，从浴室提了过来。但是，如果直接把鼻子伸到桶里的话，热气恐怕会扑出来烫伤内供的脸。于是，在折敷①顶部开个小洞，将桶放到里面。这样一来，桶上就有了一个盖子，鼻子也可以从小洞里直接伸到热水之中。内供将整个鼻子浸泡到热水里，可是一点儿也感觉不到烫。过了好一阵，弟子才说道：

"烫得差不多了。"

内供不由得一阵苦笑。如果只是听到这么突兀的一句话，相信任谁也不会相信说的是鼻子。在热水中蒸着蒸

① 折敷：木制方托盘。方形、四周有木片（杉树或桧树的极薄板材）做沿儿的四方盆。用于盛放餐具。

着，内供感觉鼻子像是被跳蚤咬了一般瘙痒难耐。

弟子将内供的鼻子从折敷的小洞里拔出来，趁着鼻子上还冒着热气，双脚开始卖力地踩踏起鼻子来。内供顺势躺着，鼻子耷拉在木地板上，眼前看到的就是弟子的双脚在上下移动。弟子时不时做出一副可怜的表情，一边俯身看着内供光秃秃的脑袋，一边说着：

"应该不痛吧？医生说要用力踩的。应该不痛的吧？"

内供想摇头示意说不痛。但是鼻子正被人踩着，想摇摇头也不行。于是只好翻着白眼，瞪着弟子僧脚上裂开的皴口，生气似的哼出一句，算作回应：

"不痛。"

实际上，他的鼻子瘙痒难耐，被弟子这么一踩，非但没感觉疼痛，反倒是觉得有些痛快。

踩了一阵，鼻子上终于渗出一些如小米颗粒般大小的东西来。说起来，这时候鼻子看起来就像拔了毛的小鸟被整个烤熟的样子。弟子见此情景，就停下踩踏的脚，自言自语般说道：

"医生说这得用镊子拔。"

内供满心不悦地鼓着腮帮，沉默着任凭弟子随意施为。当然，弟子的动作也不能算不体贴。只是即便知道如此，自己的鼻子被人当成物件一样侍弄，任谁也不会觉得是件愉快的事情。内供摆出一副对信不过的医生做手术的患者表情，不情不愿地盯着弟子用镊子从自己鼻子的毛孔里取出脂肪粒。拔出来的脂肪粒长得像鸟的羽翮，长约四分许的样子。

过了好一阵，在一通操作之后，弟子的表情终于显得轻松起来。说道：

"再烫一次，应该就好了。"

内供仍旧紧皱着眉头，摆出一副不服的表情，任由弟子摆布。

待到第二次把蒸过的鼻子拿出来时，果然，鼻子短了许多。这时鼻子看起来和所谓的鹰钩鼻也八九不离十了。内供抚摸着已经变短的鼻子，对着弟子端出来的镜子，又害羞又惴惴不安地看着。

鼻子——原本下垂到下巴的鼻子，几乎像萎缩了一样，现在仅剩一点儿在上嘴唇之上无力地苟延残喘。只是，整个鼻子到处都是斑驳的红色印迹，恐怕是刚刚踩踏时留下的痕迹。这样一来，肯定不会再有人来嘲笑自己的鼻子了吧。——镜子里内供的脸，看着镜子外内供的脸，满意地一个劲儿眨着眼。

但是，这样开心的日子才不过一天，内供就开始陷入自己的鼻子会不会再次变长的不安之中。于是，在诵经时、进餐时，或者只要一有闲暇，内供就伸出手来，悄悄地摸一下自己的鼻尖。鼻子仍规矩地待在嘴唇之上，完全没有任何要垂下来的征兆。从此之后，内供只要从前一晚的睡梦中醒来，第一件事就是摸一摸自己的鼻子。鼻子依然短小。于是，内供的心里就开始变得舒畅起来，那感觉，仿佛没花几年的工夫就成功地抄出一部《法华经》般酣畅。

但过了两三日，内供就发现一个令他感到意外的事实。那就是原本有时候自京都而来的武士，因要事到访池之尾的寺院时，现在的表情比以前更加奇怪。不但话不能好好说，还直勾勾地盯着内供的鼻子看。不仅如此，曾经不小心把内供的鼻子跌落进粥碗里的中童子等人，在讲堂外与内供相遇时，一开始只是低下头忍住笑意，终于有一次忍不住，竟然"扑哧"一声笑了出来。

分配活计的下级法师，也只有在与内供面对面时才做出一副谨慎恭敬的样子。但只要内供背过身去，他们马上就哧哧地笑起来。而这样的事情竟然不止一次发生。

刚一开始，内供还可以解释为是自己的样貌发生变化而导致的，但这样的解释并不能充分说明这一切的异常——当然，中童子、下级法师发出哂笑的原因，无疑就是他的鼻子。但同样是哂笑，与之前鼻子长的时候相比，现在哂笑的样子总归有些奇怪。虽说看惯了内供的长鼻子，再看现在的短鼻子会感觉有些滑稽，这也就罢了。但是，这些哂笑里总感觉还有些未知的意味。

——居然当着面发出那样的哂笑来！

于是，内供停下来不再诵经，歪着光秃秃的脑袋，时不时发出这样的嘟囔。原本可敬可爱的内供，到了这个时候，必定开始发起呆来，一面眺望着挂在一旁的普贤菩萨画像，一面想起鼻子还没变短的四五日之前的情景，不禁如"现今断然沦落之人，回忆往昔繁华时"①一般，陷入深深的忧郁之中。然而对内供而言，遗憾的是他还欠缺给予这个问题以答案的自知之明。

人的内心常常充满了两种互相矛盾的感情。当然，没有人不同情别人的不幸。然而一旦别人好不容易从不幸中超脱出来，人们往往又会感觉心中泛起某种失落感。稍微夸张一点儿说，甚至会希望别人再次陷入同样的不幸之中。于是乎，在不知不觉间，人们开始消极地对这人生出某种敌意来。——内供虽然不明所以，但是仍然感觉不快，无疑是因为从池之尾的僧俗众人的态度里，无意中感受到这种旁观者的利己主义。

---

① 引自《今昔物语集》。

因此，内供的心境也日渐变得糟糕起来，一开口就对其他人斥责刁难。最后，甚至连曾经帮他治疗鼻子的弟子僧都在背地里咒骂道："内供必将领受法悭贪①的罪过。"其中，特别让内供生气的是那个喜欢恶作剧的中童子。某一日，内供听到寺院内有狗在尖厉地狂吠着，正要出门查看时，只见中童子手上挥舞着二尺余长的木片，追着一个瘦小毛长的卷毛狗四处乱窜。而且，中童子不单单是追逐着跑，还一面嘴里喊着："我不打你鼻子，喏，我不打你鼻子！"一面追着卷毛狗四处跑。内供一把抢过中童子手里的木片，结结实实地打到他的脸上。这木片，原本是之前用来给内供托鼻子用的。

内供不禁意兴阑珊，开始怨恨起自己变短的鼻子来。

于是，某一个夜里，夕阳落下以后，突然眼看着要刮起风来。佛塔上的风铎②随风发出鸣响，发出的噪声一直灌到内供的枕头里。加之气温突然变得寒冷起来，上了年纪的内供在床上怎么也睡不踏实。他在床上睁着眼睛，忽然觉得自己的鼻子不知什么时候开始瘙痒起来。用手一摸，发现鼻子变得有些水肿。不知为何，甚至还感觉鼻子有些发烫。

---

① 法悭贪：对于法典无慈悲之心。亦指法术不轻易向他人传授。

② 风铎：佛塔等的檐下四角所垂挂的小钟。

　　　　　　　　　　　　　　　　　　　罗生门

——难道是因为刻意把鼻子变短，反倒生病了吗？

内供一面恭敬地像在佛前供奉香花似的把鼻子按着，一面这样嘟囔起来。翌日清晨，内供同往常一样早早醒了过来。寺内的银杏和橡树掉了一晚的树叶，铺得院子里像黄金般明亮，或许是因为佛塔的顶上下了霜吧。因为天刚亮，太阳薄薄地照在九轮之上，反射出晃眼的光芒。禅智内供登上箦户[1]，站到檐下，深深地吸了一口气。

就在此时，那几乎已经忘却的感觉，重新回到内供身体里。

内供慌忙把手伸向自己的鼻子。手上所触及的却不是昨晚那条短短的鼻子，而是一直下垂到下巴颏儿，长五六寸许，晃晃悠悠的那条曾经的长鼻子。内供这才发现，一夜之间自己的鼻子又变回到原来的长度。与此同时，与鼻子变短时相同的畅快感，又不知不觉地重新回到自己的身体里。

——这样一来，肯定再也不会被人嘲笑了吧。

内供在心里对自己这样嘀咕道。长长的鼻子在拂晓的秋风里，胡乱地颤抖起来。

大正五年（1916年）1月

---

① 箦户：一种日式门窗，一般处于柱子和柱子之间。

孤独地狱

※

　　这个故事是我从母亲那里听来的。据母亲说，她也是从她的大伯——我的舅公那里听来的。故事的真伪不得而知。但从这位舅公的性格品行来看，我想这个故事倒是有相当大的可能性是真的。

　　我的舅公是所谓的"大通①"之一，在幕府末期的艺人、文人之间，有为数众多的知己，其中就有诸如河竹默阿弥②、柳下亭种员③、善哉庵永机④、冬映⑤、九代目团

---

　　① 大通：精通于人情世故或花天酒地的爱好者。

　　② 河竹默阿弥：1816—1893，明治初期最著名的歌舞伎剧本作家，江户人，本名吉村新七，后改名古河默阿弥。

　　③ 柳下亭种员：1807—1858，合卷（江户后期文化年间流行的一种双草纸，常多册合订为一本，内容多为教训、怪谈、复仇、情感故事、经典改编等，深受男女老少欢迎）作者。柳亭种彦的门人。

　　④ 善哉庵永机：1822—1893，江户幕府末期的俳句诗人。编有《芭蕉全集》。

　　⑤ 冬映：同为江户幕府末期的俳句诗人。

十郎①、宇治紫文②、都千中③、乾坤坊良斋④等人。而这些人中的默阿弥在《江户樱清水清玄》中描写的"纪国屋文左卫门"这一角色，就是以我这位舅公为原型。虽然舅公离世距今也有五十年，但是当年他也被人起了一个诨名，叫作"今纪文"，想必即便是现在，仍然还有人对这个名字有印象吧。——他姓细木，名为藤次郎，俳名香以，俗称"山城河岸之津藤"。

这位津藤一时在吉原的妓院"玉屋"，与一位僧侣亲近。僧人是邻近本乡一带某个禅寺的主持，僧名叫禅超。禅超也是一位风流的嫖客，与玉屋一名叫锦木的花魁熟稔。当时仍是禁止僧人肉食妻带的时期，因此，表面上看来，禅超怎么也不像一名僧人。他穿着八丈岛产的黄底竖缟和服，外套则是印有纹饰的双层黑色纺绸外褂，对人自称是医生。——尽管如此，两人还是偶然成了朋友。

---

① 九代目团十郎：1838—1903，出生于歌舞伎世家，在明治时代重振歌舞伎，被称为"明治剧圣"。

② 宇治紫文：一中节宇治派的宗家。这里或指第一代紫文（1791—1858）。

③ 都千中：一中节第六代传人。通称大野万太。都姓是一中节宗家的姓氏。天保五年（1834年）殁。

④ 乾坤坊良斋：通称海泽良助。幕府末期的落语（日本单口相声）家，评书师（说书人）。

之所以说是偶然，是因为那正是灯笼时分①的某一个晚上，在玉屋的二楼，津藤刚去完厕所回来，在走廊上随意走着，这时，看见一个男子正倚靠着栏杆赏月。该男子留着和尚的光头，身材矮小且瘦削。在月光下，津藤还以为这位是时常进出此地的太鼓医者②竹内。于是，在快要经过这男子身边时，津藤伸出一只手，轻轻扯了一下他的耳朵。

　　津藤本意是想在对方惊讶着转过头时嘲笑一番，但等对方回过头来，看清他的脸时，津藤反倒被吓了一跳——除了留着和尚头之外，此人与竹内没有任何相似之处。对方虽然天庭饱满，但两条眉毛之间的距离却格外狭窄，竖了起来。两只眼睛看起来特别大，或许是因为眼睛周围肌肉内陷。左边的脸颊上长着一个大大的黑痦子，在月光下倒是看得格外分明。此外，他的颧骨还特别高。——这样一副尊容，断断续续地、又急匆匆地映入津藤的眼帘。

　　"你有何贵干？"和尚发出愠怒般的声音说道。语气中似乎带着几分酒气。

────────────────

　　① 灯笼时分：在吉原仲之町，每逢农历七月一日至三十日，茶屋要悬挂灯笼。

　　② 太鼓医者：扮作医生模样的帮闲（以在酒宴中说笑话、演余兴为业的男性）艺人。

抱歉，我在前面忘记写了。当时跟在津藤身后的还有一名艺伎和一名帮闲。他们当然不能看着眼前之人让津藤向其道歉，也不能在一旁冷眼旁观。于是，那名帮闲就代津藤，就刚刚冒失的行为向和尚道歉。在帮闲道歉时，津藤带着艺伎匆匆回到了自己的房间。就算是一名大通，他此时看起来也有些窘迫。而和尚那边，在听帮闲说清原委之后，很快就调整好情绪，哈哈大笑起来。自不待言，这个和尚无疑就是前面所说的禅超和尚。

　　之后，津藤捧着盛点心的案板，向禅超表达歉意。恰巧对方可能也觉得不好意思，又特意过来回礼。再后来，二人就这样结下了交情。尤其这是即便在玉屋的二楼相遇，也互相不会往来的情谊。津藤是滴酒不沾的，禅超则是豪饮之人。再加上禅超的所用之物，皆是极尽奢侈。在沉湎女色这方面，仍是禅超更胜一筹。对此，津藤批评他不知出家为何物。——而津藤自己身材肥大，容貌丑陋，剃了一个月代头，脖子上挂着一个银锁项链，平素喜欢穿着青缟纹和服，腰上系着白木棉三尺带。

　　某日，津藤与禅超偶遇。禅超这天披着锦木的裲裆服[1]，正在弹三味线。他平日里脸上本就没什么血色，今

----

[1] 裲裆服：也叫"打挂""搔取"，是日本女性和服的一种，以前多为妓女所穿，现主要在结婚仪式上为新娘所穿。

日更是显得格外不佳：双眼里充血，脸上没有弹性的皮肤也时不时地在嘴角处痉挛着。津藤也不禁担心他会不会马上发生什么不测，心想若是可以的话，自己倒是十分愿意倾听禅超的心路历程，于是尝试着用这种口吻询问。但禅超却丝毫没想跟他袒露倾诉的迹象，只是话比平时少了许多，几乎到快失去谈资的地步了。于是，津藤只好自我安慰，认为这是嫖客们易患的倦怠。恣意于酒色之人的倦怠，自然不可能以酒色治愈。由于这种窘境，二人之间进行了前所未有的哀伤的交流。禅超好像突然想起什么似的，这样说道：

"佛教里说，地狱也有各式各样的，大致可以分为根本地狱①、近边地狱②和孤独地狱三种。曾有云：'南赡部洲下过五百踰缮那③乃有地狱。'想来地狱自古以来大抵应在地下。然而只有孤独地狱，会在山间、旷野、树下、空中，任何地方忽然出现。目前所说的境界，会马上在眼前直接示现地狱的苦艰。而我本人，则是在两三年前开始堕入这孤独地狱。所有的事物都不能给我以一丁点儿

---

① 根本地狱：地狱的中心。也叫八大地狱、八寒地狱。

② 近边地狱：根本地狱分别带有的十六个副地狱。

③ 踰缮那：佛教记法，也叫由旬，中文现在写作"逾缮那"，古印度计程单位名。

　　　　　　　　　　　　　　　　　　罗生门

永续的兴味。即便如此，我仍然在追寻着一个又一个境界地活下去。当然，我依旧无法从这地狱中逃出生天。即便知道如此，若不改变境界，还是会感觉到痛苦。于是，我只好每天流连忘返于此，以忘却这日复一日的痛苦，继续活下去。若最终还是只有痛苦，那我除了去死也别无他法了。要是在以前，即使痛苦，也还是厌恶死亡的。而现在嘛……"

最后一句话没有进到津藤的耳里。这是因为禅超当时和着三味线的调子，低声细语说话。——从此以后，禅超再也没有来过玉屋。也再也没有任何人知道，这个放纵极欲的禅僧自那之后怎么样了。只是那一日，禅超离开时，在锦木那里遗下了一册《金刚经》的疏抄①。津藤后来零落失意，赋闲散居在下总的寒川②时，时常摆在他桌上的就是这一册疏抄。津藤在疏抄的扉页上写下了自己所作的俳句："留意槿野露，年已逾四十。"但时至今日这本疏抄已佚失，俳句的内容应该也再无人记得了吧。

这大约是安政四年③的事情。我的母亲也是因为对

---

① 《金刚经》的疏抄：《金刚经》，《金刚般若波罗蜜多经》的略称，禅宗中专门用于日常诵读。疏抄指注释后的抄本。

② 下总的寒川：千叶县千叶市寒川。

③ 安政四年：即1857年。

"地狱"这个词语感兴趣,才记住了这个故事的。

　　我每日有大半时间都在书斋里度过。单就生活方面而言,我与我的舅公和禅僧,都各自生活在毫无交涉的世界之中。另外,就兴趣爱好而言,我也不是德川幕府时代的戏作和浮世绘里所描绘的有着特殊兴味之人。而且,在我心中的种种情绪,动辄借由"孤独地狱"这一词语,试图对他们的生活倾注自己的同情之心。但是,我也不打算否定这种情绪。这是因为,从某种意义上来说,我自己也是为孤独地狱所折磨的其中一个人。

大正五年(1916年)2月

父亲

※

这是我还在上中学四年级①时的故事。

那一年的秋天，我们要进行从日光到足尾、为期四天三晚的修学旅行。学校下发的誊写版复印单上写着："早上6点30分在上野停车场前集合，6点50分发车……"之类的条款。

到了那一日，我胡乱扒拉了几口早餐就一跃出门，心里想着，如果乘电车过去到停车场也花不了20分钟，但不知为何心里仍旧忙慌。直到站在停车场的红色柱子面前，在等电车的间隙我也仍是心神不宁的。

恰巧，那天天空阴沉沉的。从各个工厂传来汽笛声，震得黑灰色的水蒸气似要变成雨雾一齐从天上降下来。在这片压抑的天空下，火车从高架桥上穿过，去往被服厂②的货运马车从路上通过，沿街店铺的门一扇扇打开。而我

---

① 中学四年级：芥川于明治四十一年（1908年）就读于东京府立第三中学校（现都立两国高中）第四学年。去日光的修学旅行应在翌年10月26日至28日。

② 被服厂：陆军部的工厂，生产陆军用的衣物等。当时位于本所区横纲町。

所在的公交站点，也已经有三两个人立着。每个人都一脸睡意，脸上写满了阴郁的表情。天真冷。——就在这时，折扣电车①到了。

一阵拥挤之后，我终于将手搭在电车吊环把手上。突然感到背后有人拍了拍我的肩膀，我慌忙回首看去。

"早！"

我定睛一看，原来是能势五十雄②。他跟我一样，穿着深蓝色毛纺制服，外套卷起来搭在左肩上，脚上穿着麻制绑腿，腰上绑着装便当的小包、水壶等物，随意耷拉在身上。

能势与我在同一所小学③读书，后来我们又进了同一所中学。即便如此，他也没有拿得出手的学科，当然，他也没有特别差的。但他在一些小东西方面倒是颇具慧根，像流行歌曲这些玩意儿，只要听过一遍，他马上就能把旋律给记下来。于是，在修学旅行时、去旅馆过夜时，他都不忘将这份天赋得意地炫耀一番。吟诗、摩萨琵琶、单口相声、评书、口技、魔术之类，他好像什么都会。他甚至领悟了独特的三昧，通过体态、表情等，就能让人发笑。

---

① 折扣电车：市内有轨电车在始发一个小时以内，车费有早间折扣。

② 能势五十雄：是芥川小学和中学的同窗，真实存在的人物。

③ 同一所小学：指位于本所元町的江东小学。

　　　　　　　　　　　　　　　　　　　　　　罗生门

因此，他在班上颇有人气，在教员间的评价也颇为不错。倒是与我，虽然也互有来往，却并不是那种亲密的关系。

"你也真早。"

"咱一直都这么早啊。"能势这样说着，得意地轻轻翕动着鼻翼。

"那之前不是迟到过吗？"

"之前？"

"国语课那次啊。"

"哦，被马场骂那次啊？那家伙也有马失前蹄的时候啊。"能势有个不叫老师而直呼其名的毛病。

"我也被那位老师骂过呢。"

"你也迟到？"

"不是，忘记带书了。"

"仁丹真的特别唠叨啊。""仁丹"是能势给马场老师起的诨名。——就在谈话之间，车已经来到停车场前。

和上车时一样，我们在推搡之间终于从电车上挤下来。来到停车场时，因为时间还早，班上的同学也不过先到了两三个人。互道"早安"之后，大家争先恐后地到候车室的树下长椅上坐下，然后和平时一样，马上像炸开了锅似的开始聊起来。此时没人再说"我"，而是说"老子"——我们都到了以此为傲的年纪。从这群自称"老子"的伙伴口中，接连不断蹦出一些对旅行的遐想、对同学伙伴的品评，以及对教员的恶评之类的话语来。

"泉这家伙可滑头了。他自己拿着一本教员用的《选择》①，就一次也没预习过英文。"

"平野更滑头。听说那家伙一到考试的时候，就把历史年代全部写到手指上。"

"你这么说起来，老师才滑头呢。"

"那还用说！本间（老师）明明连receive是先拼i还是先拼e都搞不清楚，拿着一本教师用书马马虎虎地敷衍糊弄着来教我们呢。"

到处都在说着"滑头"，始终如一的都不是什么好的传闻。就在这时，能势开始对坐在旁边的长椅上读报的上班族式的男人进行批评：他是"麦金莱"②。这是当时流行的一种叫麦金莱的新型皮鞋。而这个男人的皮鞋整个失去了光泽，而且鞋尖还开了大大的一个口子。

"麦金莱，真不赖。"这么说着，大家同时失声笑了起来。

接下来，我们变得得意忘形，开始从进出这间候车室的各色人等中物色合适的对象，然后逐一用东京中学生才

① 《选择》：选择读本（Choice Reader）。当时被广泛采用的英语教材。

② 麦金莱：McKinley Boots。

罗生门

有的那种自以为是的口气，恶意中伤他们。在这方面，原本老实巴交的学生没有一个想在自己的同龄人中表现得逊色于人。其中能势的形容则最为辛辣且最富谐谑之感。

"能势，能势，快看那个妇人。"

"那家伙长着一副怀孕河豚似的脸蛋啊。"

"你看这个戴红帽子的搬运工，像个什么，啊，能势？"

"那家伙好像卡洛洛五世①。"

到最后，能势一个人完全接过了口出恶言的角色。

就在这时，我们中的某个人突然发现一个奇怪的男人站在时刻表之前，好像在查看那些细小的数字。这个男人穿着紫黑色的西装，两条腿好像体操里使用的球杆那般细长，从灰色粗条纹的裤子里穿出来，花白的头发从宽檐儿的古风黑色中折帽下露出来，似乎已经上了年纪。他脖子上围着一条黑白相间的格纹花哨手绢，而腋下轻轻夹着的寒竹手杖长长的，好似拿着一根竹鞭。不论是从服装还是从态度看，完全就是把《笨拙》②里的插画剪下来，然后

————————

① 卡洛洛五世：指西班牙国王卡洛斯一世（1516—1556年在位），同时也是德国（神圣罗马帝国）的皇帝（1519—1556年在位）。通常被称为卡尔五世。

② 《笨拙》：来源于英国插画杂志的名称（*Punch*）。讽刺性滑稽画。也称为泼客画。

直接让他站在停车场的人群之中。——我们中的一人，好像庆贺自己又寻觅到新的恶言素材似的，开心地耸动着肩膀，笑着把能势的手拉过来，说道：

"喂，那个家伙怎么样？"

于是，我们开始一齐看向那个奇怪的男人。男人稍稍昂首挺胸，从夹克衫的口袋里拿出一个系着紫色缎带的镍制大怀表，细心地拿着怀表与时刻表上的数字对照。只是看着侧脸，我马上就认出来那个人居然是能势的父亲。

但是，其他小伙伴却没有一个人认识他。所以，大家都期待着能势嘴里蹦出适当的形容词来描述这个滑稽的人物。他们甚至已经提出了听到笑话后的笑容，饶有趣味地盯着能势的脸。对一个中学四年级的学生而言，还不具有能理解能势当时心情的心智，我也差一点儿就脱口说出"那是能势的父亲啊！"这句话来。

就在这时，耳边响起了能势的声音：

"那家伙吗？那家伙就是个伦敦乞丐啊。"

毋庸置疑，一时间大家都发出咻咻的笑声。甚至还有人模仿起能势父亲的动作来：刻意做出昂首挺胸、假装掏出怀表的样子。我不禁低下头。那时候，我甚至连抬起头看着能势那张脸的勇气也没有。

"这家伙评价得很恰当啊。"

罗生门

"快看，快看！那个帽子！"

"日影町①的吗？"

"日影町也有这个吗？"

"那，博物馆的。"

于是，大家又嘻嘻哈哈地笑了起来。

阴天的停车场好像傍晚那样灰暗。我在这灰暗之中，悄悄地想看透那伦敦乞丐的方向。

不久，在不知不觉中，微弱的阳光开始透过云层，一条狭窄的光带仿佛从高高天井的采光窗上，茫然地斜射了下来。能势的父亲，刚好就位于光带之中。——周围所有的事物都开始动了起来。目光所及之处、目力不及之处都一齐开始动起来。之后，光带的运动连所有的声音都追赶不上，像浓雾一般将这座巨大的建筑物覆盖起来。唯有能势的父亲依旧一动不动。这位穿着与时代脱节的西服、与现代无缘的老人，在奔波劳碌着向前进的人流之中，也似乎是对现代的一种超越——往后戴着黑色的中折帽，右手手掌上握着那个系着紫色缎带的怀表，依然像水泵似的伫立在时刻表前……

---

① 日影町：位于东京港区四丁目的町名。多古旧服装店。

那以后，我暗地里一打听，得知原来当时能势的父亲就职于某大学的药房。能势和我们一起去修学旅行那天，他父亲想在上班时顺路来看看。他并没有告诉自己的孩子，特意偷偷来到了停车场。

　　能势五十雄在中学毕业后不久，就因罹患肺结核身故了。他的追悼仪式在中学的图书馆举行。遗像上是戴着制帽的能势。我对着他的遗像诵读了追悼词。在这篇追悼词中，我加上了这样的一句话："你，要孝敬父母！"

大正五年（1916年）3月

野吕松人偶^①

※

突然有人邀请我去欣赏野吕松人偶。邀请我的人是我不认识的，但从邀请函上的文字来看，却是我朋友的朋友。只见上面写着"在下听闻K某也会莅临"之类的文字，毋庸赘言，K某正是我的好友。——总之，我也决定应邀前往。

野吕松人偶所谓何物，在那日听到K某的说明之前，我亦是所知甚少的。后来，我看了《世事谈》^②，才知道所谓的"野吕松"是指江户时代的和泉太夫，在净琉璃中所使用的一个叫作"野吕松勘兵卫"的人偶。野吕松人偶脑袋扁平、面色青黑、形容丑陋，简称"野吕松"。从

---

① 野吕松人偶：江户时代的人偶表演师野吕松勘兵卫于宽文年间（1661—1673）在金平净琉璃的和泉太夫座开始使用的一种容貌奇怪的滑稽人偶，幕府末期成为有钱人酒宴中的表演艺术，到了明治年间仅有少数人传承，直至如今完全消失。仅以混杂于佐渡岛的人形净琉璃之中的方式得以少量残存。

② 《世事谈》：《本朝世事谈绮》，别名《近世世事谈》，菊冈沾凉著。享保十九年（1734年）刊行。为列举江户时代的民间常用物品起源之作品。

前，主要是表演藏前的米商①或诸大名②的御金御用③等，在娱乐调侃长袖④时亦所用颇多，而到如今，能够操作这种人偶的人已经是屈指可数。

当天，我乘车来到位于日暮里的那位人士的别墅里。当时正是2月末一个阴霾的傍晚。距离日暮时分还有一段时间，难以分辨是光是影的明亮，弥漫在道路之上。距离树枝发芽仍有一段时日，然而空气中却蕴含着早春的湿气，处处透着浓浓的暖意。接连问了两三户人家，我终于找到了位于人迹罕至的横街上的这间别墅。但是，这里似乎也没有我想象中的那般闲静。穿过旧式的隐门，踏着狭窄的花岗岩石板路，就来到玄关的面前。台阶板的柱子上，垂挂着一只铜锣。铜锣旁边摆着一只称手的朱漆棍子。我正在犹豫要不要拿起棍子去敲击铜锣时，玄关的纸拉门后出现一个人的身影，跟我说：“请进！”

---

① 藏前的米商：浅草的藏前为江户时代的米仓所在地，这一带的米商主要从事替人领取俸禄米、折现等业务。

② 大名：指在日本室町幕府时期、安土桃山时代、江户幕府时期，占据一国或数国的封建武装领主，“名”即名主，为某些土地或庄园的领主。土地较多，较大的即为“大名”。

③ 御金御用：御金指钱，御用指宫中或政府的事务。御金御用，这里是指接受幕府或大名命令向民众征收钱财的人。

④ 长袖：对穿着长袖服饰的人的嘲讽称谓，指公卿、医者、僧侣、学者等。

罗生门

在一个类似前台的地方，我在格纸上写下了自己的名字。再往里走，就到了紧临玄关的一间由八张榻榻米和六张榻榻米两个房间组成的微暗房间里。房间里已经几乎坐满了客人。我参加聚会之类的活动，通常都是穿着西服，若是穿着裙裤，则总感觉拘束。日本社会中各种礼仪规范繁杂，若是穿着西裤，则常常被人宽恕。这对我这样不习惯这些繁文缛节的人来说，是极为便利的。那一日，我也正是因为这个，才穿着大学的制服前去的。但是等我到了才发现，这里除我以外没有一个人是穿着西服的。更令人吃惊的是，甚至连我相识的英国人，也是穿着带有家纹的哔叽布裙裤，手上还拿着一把日式折扇。而像K某这样的商家子弟，自然是穿着结城绸①料的二枚袭②之类的服饰。我和这两位友人打了招呼，入座时竟萌生出一阵异乡人之感。

"来了如此多的客人，想必某某也非常高兴吧！"K某对我说道。

某某是邀请我前来者的名字。

"那人也会操作人偶吗？"

"嗯，听说他学过一两出戏的。"

---

① 结城绸：主要指茨城县、枥木县生产的丝绸，是自奈良时代传下来的高级纺织品，也是日本一种非物质文化遗产。

② 二枚袭：两件和服为一组套着穿，称为"二枚袭"。

"那今天他会表演吗？"

"不，应该不会吧。今天是这行当里那些更厉害的人来表演。"

在这之后，K某介绍了许许多多同野吕松人偶相关的东西。譬如，演出的数目拢共有七十多出，其中用到的人偶的数量达二十几个之多，等等。我一面时不时地朝着那六张榻榻米的房间对面搭成的舞台瞟着，一面发呆似的听着K某的解说。

所谓的"舞台"，是一座高约一米、宽约四米的金箔屏风。按照K某的说法，这叫"手折①"。据说这东西随时都可以拆除。屏风左右两端挂着三色缎子的幔帐，后面则是转动金屏风的装置。在微暗的环境中，屏风和屏风上的金箔，仿佛涂上了一层黑灰色，庄重地打破了昏暗的色调。——看到这种简单的舞台，我感觉十分惬意。

"人偶也有男有女。男性角色有青头②、文字兵卫、十内、老僧等。"K某不厌其烦地介绍道。

"女性角色也各不相同吗？"英国人问道。

---

① 手折：指净琉璃表演舞台上用来遮挡表演者下半身的横板。

② 青头：将头发剃掉，看起来发青的脑袋，野吕松人偶的男性角色之一。

罗生门

"女性角色则有朝日①、照日②，还有冲③、恶婆④，等等。其中最有名的，则是'青头'。据说这是从开山祖师一直传到现在的正宗。"

就在这时，我突然想去解手。

等我从茅厕回来时，已经打开了电灯。不知何时，"手折"后面站着一个戴着黑色面纱的人，手上拿着一个人偶。狂言⑤的表演差不多就要正式开始了。我一面点头示意，一面从其他客人中间穿过，回到了之前自己的座位上，即K某和穿着日式服装的英国人之间的位置。

舞台上的人偶，是穿着蓝色素袍、戴着立乌帽子的大名。操作人偶的人员开始唱道："某未有夸耀之宝故，欲求稀世奇珍来京都。"其唱词、语调，与间狂言⑥并无太大差异。

不久，大名又开始唱道："先待我呼出与六来。哎呀

---

① 朝日：善良的女子。

② 照日：巫女。

③ 冲：高级游妓。

④ 恶婆：人偶剧中下颚稍微突出、眉目间显出坏心眼儿的恶妇人偶。

⑤ 狂言：一种在戏剧剧目之间穿插表演的即兴简短的笑剧，与能一样，同属于日本四大古典戏剧。

⑥ 间狂言：指在能乐曲目中，除主角"仕手"、配角"胁"、伙伴角色"连"，以及儿童角色"子方"之外，狂言师出场进行的表演。

哎呀，与六在何处？"随着一声"在！"响起，另一名面覆黑纱的表演者，手持一个大名随从似的人偶——太郎冠者，从左边的三色缎子中间走了出来。太郎冠者身着茶色的出仕服——副身穿小裙裤，未佩带刀剑的打扮。

接着，大名的人偶左手扶着腰刀的刀柄，右手拿着中启扇，招呼与六上前。他如此吩咐道："若天下治，治世可喜，则彼方此方应有赛宝之所。如汝所知，某尚未有可夸耀之宝。汝且上京，如有稀世之宝当参求之。"与六则答："遵命。"大名说："快去！""遵命！""嗯？""遵命！""嗯！""遵命！哎呀哎呀！主公真是……"——接下来就是与六漫长的独白。

人偶做得是相当粗糙。首先，服装下面没有腿脚，与后世口可开合、眼珠可转动的人偶相比，有着明显的不同。手指倒是可以动，但几乎没见表演时用过。唯一做的只有身体的动作：身体前后弯曲、手臂左右摆动。——除此之外，几乎没有其他的动作。但动作间隔很久，甚为大方、高贵的样子。于是，我对人偶重新生起一股深切的异乡之感。

在阿纳托尔·法朗士的书里，他曾写过这样的一段话："脱离时代和场所限制的美，在任何地方都不存在。一个人之所以会欣赏某一个艺术作品，是因为其自身发现

罗生门

了该作品对于生活所存在的意义。对我而言，相较于希沙立克的素烧陶器，伊利亚特更让人热爱。若是不了解十三世纪佛罗伦萨的生活，毫无疑问，我无法像今日这般能够鉴赏《神曲》。正如我所说，所有的艺术作品，了解了其制作的场所和时代，才能正确地爱它，并且理解它……"

我坐在这里，看着眼前在金色的背景前反复进行着悠长动作的蓝色素袍和茶色出仕服，不禁想起了上面这段话来。我们所写的小说，不知会不会有如同野吕松人偶般的结局呢？我们一直试图相信存在着一种脱离了时代与场所限制的美。无论是为了我们自己，还是为了我们所尊敬的艺术家，我们似乎都对此坚信不疑。然而，这样的美非但罕见，而且让人怀疑是否真的存在。

野吕松人偶像是否定了这种美的存在，只是用白色的木雕脸孔，在金箔的屏风上进行着表演。

狂言的表演接下来就是骗子登场、欺骗与六、与六归来的场景，最后在大名扫兴叱责与六之处谢幕。伴奏的乐器，仿佛是将没有三味线的戏曲的伴奏，与能乐的伴奏融为了一体。

我在等待下一场狂言上演的间隙，没有与K某搭话，只是独自出神地抽着"朝日"牌香烟。

大正五年（1916年）7月18日

芋粥

※

　　这个故事或许发生在元庆①末年，又或许是仁和②初年。但不管具体发生在哪个时代，对这个故事并不会有太大的影响。读者朋友只要知道，故事发生的背景在平安朝这个久远以前的时代就行。当时，藤原基经摄政。在他的武士之中，有一位不知道姓名的某五位③侍者。

　　作者本也不想将他写作"某"位，但奈何旧记④之中，不要说这位武士是哪里人，甚至连他姓甚名谁也没有明确的记录。恐怕实际情况是，这位武士太过于平凡，连记录在案的资格也没有吧。说到底，旧记的作者等人，对平凡的人和故事似乎没有展现出太多的兴味来。在这一点上，他们与日本的自然派作家大相径庭。但王朝时代的

---

　　① 元庆（877—884），阳成天皇的年号。

　　② 仁和（885—888），光孝、宇多天皇的年号。

　　③ 五位：位阶之一。五位为被允许登上清凉殿上的最低阶者。

　　④ 旧记：古代的记录。故事里可能是指《今昔物语》，此处也有可能出自《方丈记》。

　　　　　　　　　　　　　　　　　　　罗生门

小说家，毕竟也不是什么闲人。——总之，摄政藤原基经手下有这么一位武士，官阶五品。而他就是这个故事的主人公。

五位其貌不扬、无甚风采。首先他个子不高。而且，他红鼻子、吊眼角，嘴上的胡须也颇为稀疏，脸颊瘦削，相较于其他普通人显得更加瘦长。嘴唇则……要是一一列举起来的话，那就没完没了。总之我们的这位武士——五位，长相就是如此与众不同，且猥琐。

这样一个形容丑陋的武士是何时、如何成为基经的侍卫的，已经不得而知了。但是，从很久以前开始，他就穿着同一件褪色的水干服，戴着同一顶萎靡不振的乌帽子，每天同样不厌其烦地重复着他一成不变的职务。结果，到了如今，任谁看到他，都想象不出来他也曾经年轻过（五位已经年过四十）。相反，他自打出生起就长着似乎被冻得通红的鼻子，再加上嘴巴上方稀稀拉拉的髭须，仿佛在朱雀大道上被街上的风一吹就立起来。上到主公基经，下到养牛的儿童，都下意识地对五位的这种看法深信不疑。

一个人长成如此模样，从周遭感受的待遇不必说恐怕也好不到哪里去。连侍卫所里的其他同僚，对五位的关注程度也都几乎不及一只飞进来的苍蝇。不管有没有位阶，在拢共近二十人的下级官吏中，对于五位的出入，他们的态度也不可思议的极为冷淡。每次五位想说些什么，这些同僚都充耳不闻，从来不会停下自己的闲谈。对他们而言，五位的存在就像空气一般，存在但视而不见，自然也从来不会进入自己的眼里。连他的下级官吏都是如此做派，另外的长官、侍卫所的执掌等上级官吏们，更是从头到脚都看不上他，这一点毋庸置疑。对于五位，他们几乎都在冷淡的表情后，隐藏着孩子似的毫无意义的恶意。无论对五位说什么，他们都会比画着完成。对人类而言，语言的产生并非偶然，因此，他们比画着用手势不能解释某事的情况时有发生。但是，他们似乎都认为，五位在语言方面完全缺乏悟性似的。所以一旦他们说不清楚的时候，就会反复地从头到脚地，把五位那歪着的揉乌帽子到穿断鞋跟儿的蒿草履鞋看个遍，然后，从鼻子里发出哂笑，突然放弃解释，转向一边。即便如此，五位也从未生气。他似乎没有一点儿骨气，窝囊怕事，也从来没有把这一切的不正当行为看作不正当似的。

但是，同僚的武士们反而得寸进尺般地试图嘲弄他。年纪较长的同僚也将他这种萎靡不振的仪容当作笑料，仿佛讲一些陈年旧闻的笑话般，年纪较小的同僚也逮着这样的机会，来练习一下所谓的临场笑话。他们不厌其烦地在五位的面前，对其鼻子、髭须、乌帽子以及水干服进行一

　　　　　　　　　　　　罗生门

番品评。不仅如此，甚至于连与他在五六年前已经分手的那个地包天的老婆，以及和她私通的酒鬼法师也时不时地成为他们的谈资笑料。他们甚至还做出过一些性质更为恶劣的恶作剧来。这里无法一一列举出来。但我只要说一点，那就是同僚曾将他筱枝①里的酒喝掉，然后再往里面撒尿。至于其余的恶作剧，读者就大概能够想象出来了。

但是，五位面对这些揶揄却毫无感觉。至少在旁人看来，他显得是那么无动于衷的样子。无论别人说他什么，他甚至从未有过变脸的时候，只是一贯默默地抚摸着嘴上的髭须，若无其事地做自己该做的事情。只是，同僚的恶作剧实在太过，比如在他的发髻上沾上纸片，抑或将他的太刀刀鞘和草履鞋绑在一起时，他才露出一副那不知道是笑还是哭的表情，说着："别这样啊，同僚们！"看到他一副这样哭笑不得的表情，听着带哭腔的声音，任谁也会暂时为他的惨相所打动。（被他们欺负的不仅仅是一个人，不仅仅是这个红鼻子的五位，而是欺人者所不认识的某个人——多数被欺负过的某人，借着五位的表情和声音，来谴责欺人者的无情。）——这种想法朦胧不清，但又在瞬间向他们的心中袭来。只不过，能一直保持此种心

---

① 筱枝：用竹筒制成的盛酒容器。

情的人甚为少见。虽然少见，但其中仍有这么一位，是某个无品阶的武士。这个年轻的武士来自丹波国，嘴上的胡须还浅，才勉强将鼻子下方遮住。当然，这个武士刚一开始也和其他人一起，毫无理由地蔑视这个红鼻子的五位，但是某日恰巧听到了五位发出的那句"别这样啊，同僚们！"之后，这句话就始终萦绕在他脑海里，挥之不去。自那以后，至少在这个年轻武士的眼中，五位似乎变成了另外一个人的样子。那个营养不足、脸上没有血色，时不时还冒点傻气的五位脸上，似乎可以看出被世间迫害时会哭鼻子的"人"样来。每当这个无品阶的武士想到五位时，都觉得世间的所有事情仿佛都突然显露出原本的卑劣来。而与此同时，五位那萎靡的红鼻子和稀稀拉拉的髭须，仿佛将一丝安慰若有似无地传达到自己的心里……

但是，这也仅限于这名下级武士一人而已。除了这种个例外，五位仍旧必须在周围的蔑视中，继续过着如狗一般的生活。首先，他连一件像样的衣服也没有。灰青色的水干服和同样颜色的奴袴①倒是各有一件，但如今都已经洗得泛白，几乎看不出来到底是蓝色还是青色。水干服

----

① 奴袴：和服裙裤的一种，裤腰和裤脚十分肥大，穿着时套住上衣，并用带子绑住裤腰，在脚踝处扎起来。布制奴袴叫布袴，后来有用绢、绫制成的，称为绢袴，又叫"指贯"。

的肩头也稍微有些塌陷，带纽的丝线和菊缀组纽也呈现出奇怪的颜色。奴袴的下摆处破了不知几个洞，从里面没法穿上底下的裙裤。五位细细的脚杆儿从下面露出来，即便不是那些说话难听的同僚，也会感觉他看起来十分寒碜，就像拉着落魄公卿的破车走路的瘦牛一般。连他佩带的太刀，也给人一种颇为靠不住的感觉：刀柄的金属零件不太正经，黑色刀鞘上的涂漆也快剥落干净。他的鼻子一直红彤彤，脚上趿着早已不成样子的草履鞋，平时都习惯性地猫着腰，在寒冷的天气里，更是佝偻着缩成一团。两眼不停地东张西望，仿佛要从里面伸出两只爪子一般，因为走路时脚上总是迈着碎步，没有一点儿正经的模样，所以，也怪不得连路过的商贩都看不起他。实际上，还确实发生过这么一件事情：

某一日，在经过三条坊门去往神泉苑①的路上，五位看见有六七个孩子围在路边，不知道在做些什么。他原以为这群孩子在玩独乐②之类的游戏，从后面绕过去一看，原来是不知谁家走丢的长毛犬被他们用绳子系在脖子上，正被东一拳西一脚地打来打去。五位本来是个胆小怕事的主儿，以前即便对这种事会生出些许同情，但顾及旁人的

① 神泉苑：位于二条城南东西二町、南北四町的御苑。

② 独乐：陀螺的古称。

眼光，还从未有过实际的行动。但此时，他想对方既然是一群孩子，总算在心里生出几分勇气来。于是，他尽量地从脸上挤出几分笑意，拍着其中一个年纪稍长的孩子的肩膀，搭话说道："就饶了它吧。狗被打也知道疼的。"那个孩子回过头，翻了个白眼，轻蔑地上下打量了五位一番，就像前面说到的那些侍卫所的上司跟他说不明白时看着他的表情一样。"别多管闲事，"男孩往后退了一步，噘起嘴以傲慢的口吻说，"什么嘛，你个红鼻子！"五位听到这话，仿佛脸上被扇了一个耳光。他丝毫没有因为被人辱骂而气恼，反而感觉自己多嘴多舌，丢了一次脸。他将自己的羞耻感隐藏到苦笑背后，默默地朝神泉苑的方向走去。在他身后，那六七个孩子挤到一起，对着他的背影又是做鬼脸，又是吐舌头。当然，五位并不知道这一切。即便知道了，对这个没有一点儿骨气的五位而言，这又算什么呢？

那么，这个故事的主人公是不是一生下来就专门给人蔑视的？难道他就没有一丁点儿期望吗？这倒不尽然。五位从五六年前开始，就对芋粥这一事物产生了异常的执念。所谓芋粥，就是将山里的山芋从中间切开，再将它放到甘葛的汁水中煮成的粥。这玩意儿在当时可是作为无上的佳肴，甚至上贡给天皇做膳食享用。因此，像我们五位这样的人一年也只有一次机会，即在招待临时之客[1]时，才能得以品尝。即便在这种时候，五位能喝到的也不过是润润喉咙的量罢了。因此，将芋粥喝到饱就成了他长久以来的唯一愿望。当然，这一点他从未跟任何人说起。不，或许他自己也没意识到这是贯串他一生的愿望吧。但是，实际上甚至可以这么说，他正是为了完成这个愿望而活着。——人有时候就是被这种不知道到底能不能满足的欲望所支配，穷尽一生的。而嘲笑这种愚痴的人，毕竟不过是他人人生路上无关的旁观者罢了。

然而，五位心心念念"将芋粥喝到饱"的愿望，竟然轻易地实现了。这就是我写下这个芋粥故事的目的所在。

某年的正月初二，在基经的宅第里，正是招待临时之客的时候。（临时之客，是两宫大飨[2]的同一日，在摄政关白家招待大臣以下的公卿而举办的飨宴。几乎与两宫大飨别无二致。）五位也混迹在其他的武士之中，与残羹冷炙相伴。当时还没有施食[3]的习惯，残肴则主要是由这一家的武士们齐聚一堂一齐享用。虽说与两宫大飨相当，但

---

① 临时之客：一月二日大臣家的大飨。

② 两宫大飨：二宫指东宫与中宫。旧历一月二日举行的大飨之一。

③ 施食：将飨宴的残余食物施舍给乞丐等。

由于时代久远，飨宴上的品种虽多，却也没有什么像样的菜式。大抵就是一些糕饼、炸饼、蒸鲍、鸡肉干、宇治的小鲇鱼、近江的鲫鱼、鲷鱼的肉条干、带子的鲑鱼、烤章鱼、大虾、大柑子、小柑子、橘子、柿饼串之类。当然，这里面自然少不了芋粥。每一年，五位最期待的就是这芋粥。但是由于武士人数众多，分到他碗里的最后也没有多少。今年就更少了。或许是心理作用，五位觉得今年的芋粥较往年更加甘甜。因此，他端详着已经喝光的木碗，用手掌把粘在他那稀疏胡须上的几滴残汁擦了擦，自言自语地说道："什么时候才能喝个饱啊？"

"五位阁下还没将芋粥喝到饱吗？"

五位话音还未落，不知道谁就已经开始嘲笑起他来。这声音沙哑而豪放，一听就知道是来自某位武人。五位抬起驼背上的头来，胆怯地望向那。声音的主人是此时与他同样恪勤^①于基经的武士、民部卿时长的儿子——藤原利仁。利仁生得肩阔背长、人高马大，是个体格健壮的大汉。此时他嘴里嚼着烤栗子，不停地喝着杯子里的黑酒，看起来已经有七八分的醉意。

"真可怜啊。"利仁看着五位抬起来仰望自己的脸说道，语气中满是轻蔑和怜悯。他接着说："要是您愿意，

---

① 恪勤：侍奉于上皇院、摄关、大臣家的武士。

罗生门

我利仁愿意请您喝个饱。"

　　就好比一只始终被人欺负的狗偶尔得到一块肉时，也不敢轻易靠近般，五位照例做出一副看不出究竟是笑还是哭的表情，视线一半看着利仁的脸，一半看着空荡荡的木碗。

　　"您不愿意？"

　　"……"

　　"到底如何？"

　　"……"

　　五位感觉到，此时众人的目光一齐集中到自己身上来。他有些踟蹰：若是直接应承吧，又必须接受全场人的嘲弄。或者说，无论他如何回应，结果都只会让自己觉得被其他人愚弄。如果此时对方不是用那种不耐烦的声音说什么"要是不愿意的话，也不要勉强"的话，估计五位会一直瞪着半个空碗和利仁看下去。

　　但听到这句话之后，他立刻慌慌张张地回答道：

　　"不不……不胜感激。"

　　听到他这一番回答，大家又都笑成一团。

　　"不不……不胜感激。"还有人学着五位说话的声音重复着。那些摆满了黄橙红橘各色水果的凹杯①和高脚

———————————————

　　① 凹杯：较深的容器。主要用来盛放饭菜或饮料的小而深的餐具。

盘①之上，是一大堆所谓的揉乌帽子和立乌帽子，伴随着阵阵哄笑声，一时间竟像波浪般涌动起来。其中笑得最大声、最放肆的就是利仁自己了。

"那，到时我再邀请您。"一边这样说着，利仁一边不悦似的皱起眉头，刚好要涌上来的笑意和刚刚饮下去的酒顶在了喉咙中。"可以吗？"利仁问道。

"不胜感激。"

五位满脸涨得通红，像口吃一般重复着之前的回答。这一次自然又是引起一番嘲笑之声。至于利仁，他纯粹就是为了让五位再回答一次，而故意重复问了一遍，因此，这一次他笑得比之前更加夸张，宽阔的肩膀耸动得更加厉害，哄笑声也更加响亮。这位来自朔北之地的野人，只学会了两种生活方式，一是喝酒，一是大笑。

幸好大家的谈话中心很快就从两人身上转移开。可能有时候其他的同僚也会觉得，即便是嘲弄他人，大伙儿都把注意力集中到这个红鼻子的五位身上也颇为不快吧。总之，话题不停地转来转去，待到桌上的酒肴所剩无几的时候，终于转到某位武士学僧身上。这个学僧在骑马时，居

---

① 高脚盘：类似中国古代器皿"豆"。

然把两只脚都放到了行縢①的一张皮里去了。这一席话立刻引起了一众人的兴味。但只有五位，仿佛再也听不进任何话语一般，恐怕是芋粥二字已经将他的全部思绪给牢牢控制住。哪怕身前烤着山鸡，他也丝毫不动筷子；桌上摆着黑酒的杯子，他也一口不沾唇。五位只是将两只手放在膝盖处，仿佛相亲的姑娘一般，纯真的脸上烧得通红，一直蔓延到被风霜浸染的鬓角。他一直盯着空荡荡的黑漆木碗，单纯地微笑起来。

大约过了四五日，一天早上，在沿着加茂川的河滩通往粟田口的街道上，有两个男人静静地驱马前行。其中一人身穿青白色狩衣，下身搭配同色裙裤，身上佩着一把金银浮雕的太刀，看起来"须黑鬓密"，是个堂堂美男子。而另一人则穿着破旧不堪的青灰色水干服，两件薄棉衣套在身上，从年纪上来看，是位40岁左右的武士模样。无论是松垮垮系着的腰带，还是那红鼻头下鼻孔周围流出来的清鼻涕，他周身都透着一股寒酸破败的样子。但两人所骑的马确是两匹良驹。前者所骑的是栗色桃花马，后者所骑的乃是唤作"连钱芦毛"的三岁马驹。连路过的商贩和

———————
① 行縢：绑腿布，骑马时为防草木上的露水，覆盖在腰部以下的衣物。以鹿、熊、虎等的毛皮制成，两边各有一张皮。

武士都忍不住为之侧目。在两人身后，还跟着两人。他们在马屁股后亦步亦趋，看来是代执弓箭的侍从和舍人①无疑。——无须赘言，这正是利仁和五位等一行人。

虽然是冬日里，但天气晴朗而宁静无风。河滩上晒得发白的乱石之间，河水潺潺流动。在水边早已枯萎的蓬草，一动也不动。临河的低柳，无叶的柳枝披着如饴糖般顺滑的日光。树梢上的鹡鸰，甚至连尾巴稍微一动，都和树影一齐鲜明地落在街道上。在东山的暗绿色之上，完全露出如挂上白霜的天鹅绒般的肩膀的，大约是比睿山吧。就在此山中，马鞍的螺钿在刺目的阳光下闪着光芒，二人悠悠地扬着马鞭，朝着粟田口走去。

"是要去哪儿呢？跟着您走，是要去干吗？"五位一面扯着还不顺手的缰绳，一面问道。

"就在前面不远。没您想得那么远。"

"那是粟田口一带吗？"

"您也可以先这么想着。"

利仁今天一早来约五位时，说的是东山附近有一个温泉，于是带他出来，红鼻子的五位还以为是真的。因为太久没有去泡过温泉，他这段时间感觉自己周身都痒痒。要

——————————

① 舍人：近侍天皇或皇族、贵人的杂役。

　　　　　　　　　　　　　　　　　　罗生门

是能够饱饱地喝上一顿芋粥，再泡个温泉的话，简直是幸福之至。他这样幻想着，跨上了利仁事先牵来的芦花马。但是，当他与利仁并驾齐驱来到这里以后，感觉利仁似乎并不是打算到这附近。想着想着，两人已经过了粟田口。

"原来不是粟田口啊。"

"诚然，还得再往前走。"

利仁面带微笑，刻意不去看五位的脸，静静地骑马前行。路旁两侧的人家逐渐变得稀疏起来，在广阔的冬日田野上，甚至只能看到觅食的乌鸦，群山的影子几近消失不见，山上的雪色也微微泛起青灰色的烟雾。天气虽也晴朗，但黄栌那带刺儿的树梢，直愣愣地刺向天空，仿佛要把人的眼睛刺痛一般，不知为何让人觉得肌肤生出几分寒意来。

"那么，是在山科一带吗？"

"不是山科，还要再往前走一点儿。"

就在这番言谈之间，两人已经走过山科。还不仅如此。不知不觉之间，他们又走过了关山①。差不多就在刚过晌午时分，两人终于来到了三井寺②的门前。三井寺里有一位僧人与利仁交往甚密，两人拜会了这名僧人，并用

---

① 关山：逢坂山。

② 三井寺：位于大津市的园城寺的俗称。

过午餐，吃完饭又骑上马匆匆上路。与来时的路上相比，此路更是人烟稀少。尤其是当时，社会动荡不安，盗贼横行四方。——五位忍不住进一步猫低了身子，同时抬起头仰望着利仁的脸，问道：

"还要再往前吗？"

利仁微笑着。这个微笑好似做了恶作剧给人发现的孩子，对着长辈做出的微笑一般。挤到鼻尖的皱纹和堆到眼角的横肉，看不出到底是想笑还是不想笑。接着，他说道：

"实际上，我想带您去的地方是敦贺①。"一面微笑着，利仁一面举起马鞭看着远处的天空说道。马鞭所指的方向，正是在午后日光照耀下，闪着白光的近江湖面。

五位顿时显得狼狈起来。

"您说的敦贺，是越前国②的敦贺吗？那个越前国的——"

五位日常也并非没有听闻过关于利仁的一些消息。利仁出身于敦贺，成为藤原有仁的女婿之后，多住在敦贺。

---

① 敦贺：位于现福井县中部，濒临敦黄湾，自古是与大陆地区交流的要道。

② 越前国：旧国名，今敦贺市以北的区域，古为日本北陆七国中唯一的大国，为军事、交通要地。

罗生门

但是，他从来没有想过自己会被利仁带去敦贺那么远的地方。首先，去到越前国要翻越无数的山川，这一路上仅凭带着的两个随从，如何能安全到达？更何况这段时间，各地还流传着往来的旅客为盗贼杀害的传闻。

五位乞求似的看着利仁的脸。

"真是乱来啊。刚开始以为去东山，之后到了山科。到了山科，又说是三井寺。结果却是去越前国的敦贺。这到底是要怎样？去敦贺，真是乱来啊。"

五位几乎要哭出来似的小声嘟囔着。要不是"想要把芋粥喝个饱"这个念头一直鼓舞着他拿出这份勇气的话，恐怕当场就和利仁告别，独自一个人回去京都了吧。

"我利仁能以一当千。路上的安全无须担心。"

看到五位狼狈的样子，利仁稍稍一皱眉，嘲笑道。随后他叫来自己代执弓箭的侍从，将他身上背的胡簶①取过来背在自己身上，又从对方手上接过涂着黑漆的檀弓，随手将弓放倒在马鞍上，驱马走在了前方。眼看着利仁摆出这副架势，五位即便再没有骨气，也只好屈从于利仁的意志，继续往前走。但他仍然胆怯地注视着四周荒凉的原野，嘴里不停地碎念着几句本就记忆模糊的《观音经》。

———————————

① 胡簶：盛箭的可以背负的筒形器具。

他照例低着头，几乎要把自己那个红鼻子凑到马鞍的前轮上去了。身下的马原本就走得不快，现在依旧是拖着沉重的步伐向前走着。

马蹄声在原野里回响着，原野被苍茫的黄茅所覆盖，到处都是水洼。水洼里冷冰冰地倒映着蓝天，让人禁不住怀疑，这个冬日的午后迟早会被冻上似的。在天的尽头，有一片连绵起伏的山脉。或许是因为背光，本应闪闪发光的残雪，却没有一丝反光，反倒像是涂抹上了一道长长的暗紫色。不仅如此，还被萧条的几丛枯萎的芒草所遮挡，在二人的侍者眼中，几乎什么都看不到。——突然，利仁回过头看着五位，搭话说道：

"刚好那里来个使者，我让它去敦贺带个信儿。"

五位对利仁的这番说话听得不甚明白，战战兢兢地朝利仁檀弓所指的方向望过去。那边原本就看不见有任何人。但是在不知是野葡萄还是别的什么藤蔓和一丛灌木纠缠之处，一只浑身暖色毛皮的狐狸，在已经西斜的阳光照耀下，悠闲地走着。——突然，狐狸慌忙整个身子跳了起来，像个没头苍蝇似的一溜烟儿地乱窜。利仁猛地抽响手中的马鞭，朝着狐狸逃跑的方向策马追了过去。五位也忘我地跟在利仁的身后追逐起来。随从们自然也不甘落后，纷纷跟上前去。一时间，只听见马蹄踩踏着石头发出的清脆声响打破了旷野的宁静。不久，利仁就勒住了马，他已经抓着狐狸的后腿，倒挂在马鞍的一侧。但究竟是何时将其抓获，却不得而知。狐狸应该是被追到走投无路、精疲力竭之时，被压在了马的身下，之后被抓了起来。五位忙不迭地擦着自己稀疏胡须上的汗水，终于骑马来到了利仁的身旁。

"喂！狐狸，你听好了，"利仁将狐狸高高提起靠近自己的眼前，故意大声吆喝着，"你今夜去那边，到敦贺利仁的府上报信：'利仁即将带客人回来。派人明日巳时至高岛①一带迎接。另外，再牵来两匹备好鞍的马匹。'记住了吗？千万别忘了！"

言毕，利仁用力一挥手，将狐狸朝着远处的草丛中抛了出去。

"不好！逃走了，逃走了。"

两个随从好不容易才赶上二人，看着狐狸逃走的方向，拍着手叫嚷起来。在夕阳中，狐狸弓着它那落叶般深色的脊背，全然不顾四周灌木的树根和满地的石子儿，拼命地一直向前奔去。一行人所在的位置，刚好能将这一切尽收眼底。在追逐狐狸的时候，他们不知不觉已经来到了

---

① 高岛：滋贺县高岛郡高岛町。离三井寺约7里，离敦贺约10里。

旷野的一面缓坡之上。这里刚好与干涸的河床连成一片。

"真是个广量①的使者啊。"

五位禁不住生出一股质朴的尊敬之情，发出一声赞叹。看着眼前这个居然能对狐狸颐指气使的粗犷武人，五味禁不住仰望起他的脸，心生出一股重新认识他的感觉。五味甚至来不及细细思考自己与利仁之间究竟存在着多大的差距，只是强烈地感觉到，利仁的意志所支配的范围太过广泛，自己的意志即便被包含在这种强大的意志之中，也能够实现自己的那一丁点儿的自由。——所谓的"阿谀奉承"，恐怕就是在这种情况下，自然而然地产生出来的吧。读者们，即使今后从这位红鼻子五位身上看到那些帮闲的举止做派，也不应对这个男人的人品妄加怀疑。

狐狸被扔出去之后，沿着斜坡连滚带爬地冲下去。到了干枯的河床上，在石头之间灵巧地噌噌越过去，接下来向着河对岸的斜坡，一鼓作气朝着河岸与斜坡交叉处冲上去。它一面向上跑着，还时不时回头眺望。之前抓住自己的武士一行人等，还在对岸遥远的斜坡上骑着马并排站着，一行人看起来已经只有五指并拢大小。特别是在夕阳西照之下，栗色桃花和连钱芦毛两匹马，在充满寒霜的空

---

① 广量：不可靠，没底气。这是出自《今昔物语》的用语。

罗生门

气中，仿佛跃然纸上一般，显得格外鲜明。

　　狐狸回过头，继续像风一般，在枯萎的芒草丛中飞奔
而去。

　　一行人恰好如预料中于次日巳时来到了高岛一带。此
地临近琵琶湖，是一座小小的村庄。与前一天不同的是，
天空阴沉欲雨，几户人家的蒿草房零星散落在各处，湖岸
四周生长着松树。在松树之间泛起灰色涟漪的湖水水面，
宛如一块忘记打磨的铜镜，萧瑟地展现在众人的眼前。这
风景，不禁让人想起"湖光秋月两相和，潭面无风镜未
磨。"——到了这里，利仁回过头来对五位说道：

　　"请看！下人们过来迎接了。"

　　五位顺着利仁示意的方向看去，果不其然，有二三十
个牵着两匹配好马鞍的马的仆从，急匆匆地朝着湖岸的松
林间赶来。一行人有的骑马，有的徒步，由于走得太快，
身上水干服的衣袖给寒风吹翻起来。不多一会儿，眼看就
要走到一行人近前时，骑马的仆从们慌忙翻身下马，徒步
的仆从则蹲踞在路旁，全都毕恭毕敬地等待利仁的到来。

　　"看来，那只狐狸真的做了一回使者啊。"

　　"原本只是一只懂得变化的野兽而已，让它做这点小
事又如何？"

在谈话间，五位和利仁已经走到众仆从等候的地方。

"辛苦了！"利仁说道。蹲踞在一旁的仆从慌忙站起身，牵过二人的缰绳。一下子，整个氛围变得欢快起来。

"昨晚，发生了一件罕见事。"

二人从马上下来，还没有在皮垫子上坐稳，一个穿着桧皮色水干服的白发仆从就走到利仁的跟前禀告道。

利仁一边将仆从们带来的酒筒和破笼①推给五位品尝，一面摆出一副落落大方的样子问道：

"是何事？"

"是这么回事。昨晚戌时刚过，夫人突然失了神志，突然说什么'我是阪本的狐狸。今日受到殿下所托，前来传话。尔等近前来仔细听好！'于是我等一同前去，只听见夫人吩咐我等道：'殿下现在正要带着客人回府，明日巳时时分，派人到高岛一带迎接。届时再牵来两匹配好马鞍的马。'"

五位一边看着利仁的脸，一边又细细打量众仆从的样子，在一番比较之后，仿佛对两方都很满意似的，附和道："这事，确实罕见。"

"还不仅如此。夫人好像害怕什么似的浑身颤抖着，

_____
① 破笼：㮹，古代盛具。本色木料做成、内部有隔挡、上有药笼盖的便当盒。

嘴里哆嗦着，不停地说道："切勿耽搁。若是耽误了，殿下必将尔等逐出家门。'说着竟然哭了起来。"

"后来，又如何了？"

"之后，夫人就昏睡了过去。我等出门前来迎接之时，好像还没有醒过来。"

"如何？"听完仆从的话，利仁看着五位，有些得意似的说道，"只能说，野兽也得任我利仁驱遣！"

"这令在下惊讶至极。"五位挠着自己的红鼻子，轻轻地低下头。接下来，好像故意做出一副目瞪口呆的样子，连胡须上沾着刚刚饮下的酒滴，也顾不得擦一擦。

当天夜里，五位在利仁府邸里的一间房内，茫然地盯着矮烛台上的烛火，睡意全无。在这漫漫长夜里，就这么直勾勾地盯着一直到天明。傍晚抵达利仁的府邸之前，五位一路上与利仁及利仁的仆从谈笑风生，路上越过的松山、小溪、枯野，以及枯草、树叶、乱石，还有野火的烟味——这些事物逐一在五位的心头涌起。特别是在茶褐色的暮霭中，当他终于抵达利仁的府邸，府前的长炭柜里燃起熊熊的红色火焰时，他终于能放下的心防——都在此时想起。现在安心躺下来之后，想起这些，仿佛是久远之前的往事一般。五位在夹着四五寸厚棉花的直垂衾被下，舒心地伸了伸脚，出神地张望着自己的睡姿。

　　直垂衾被下面，是利仁借给自己的黄色厚棉衣服。两件衣服一起穿在身上，即便什么也不盖，也足以让他暖到出汗。加上晚饭时喝了几杯，醉意又让他觉得格外燥热。枕边隔着一扇格子板窗，是洒满寒霜的清冷大院。即便如此，他也丝毫感觉不到苦寒。这里的一切与自己在京都的曹司①相比，存在着云泥之别。尽管如此，我们的五位内心，不知为何存在着与此时环境不相称的不安感。一方面，时间已经过去很久了还没天明。但与此同时，他又希望天明——也就是吃芋粥的时刻不要那么快到来。这两种矛盾的情感在心中互相纠结之后，在当下境遇陡然激变的形势下，产生出一股难以沉静下来的心情，就像今天的天气，保持着微微的寒冷。这一切都化作五位睡眠的障碍，虽然身上穿得暖和，却也难以入眠。

　　突然，五位听到外面大院里，不知道谁在大声吆喝着。听声音，大概能猜到是今日在路途中前来迎接的白发仆从，他仿佛在吩咐着什么。那干枯的声音，许是在寒霜中回响的缘故，每一个字在五位听来都像凛冽的寒风一般，冷入骨髓。

----

　　① 曹司：官吏或女官用的房间。

　　　　　　　　　　　　　　　　罗生门

"你们几个，听好了！殿下吩咐，明天早上卯时之前，无论男女老少，每人各带来一根粗三寸、长五尺的山芋来。记住！是卯时以前！"

五位本以为下人们还会将吩咐重复两三次，没想到顷刻间就没有了人的动静，周围顿时恢复到原来的宁静。冬夜里静悄悄的，仿佛什么也没发生过。在这种静谧之中，矮烛台上的灯油开始嗞嗞作响。火焰如同红色的丝绵，也在忽闪忽闪地摇曳着。五位打了一个欠伸，又咬着后槽牙想忍住哈欠，却又开始陷入之前那无法抑制的思量之中。——既然说什么山芋，那么肯定是让下人们拿来煮芋粥用的。五位本来集中注意力、极尽耳力听取外面的声响，但一念及此，刚才的不安竟又不知不觉回到心里来了。甚至比之前更加强烈的，是不要过早地满足自己、将芋粥喝个饱的想法，好似充满恶意地在五位的脑海中不愿散去。如此轻而易举地实现"将芋粥喝个饱"的夙愿，到如今看起来，之前自己长年累月地辛苦忍耐、等待，简直是徒劳无功、白费力气。如果可以，五位希望突然横生枝节，一时间喝不了芋粥，接下来再峰回路转、障碍消除，再将芋粥畅饮一番。若能按照这个流程来，那也算万事亨通了。——这种想法如同陀螺一般，咕噜咕噜在心头同一个地方盘旋着，不知不觉间，在旅途的疲劳驱使下，五位终于呼呼地沉睡过去。

第二天清晨，五位一睁开眼睛，马上就拉开了房间的格子板窗，朝屋外望去。因为昨晚心里一直惦念着芋粥一事，寝不安席，好不容易睡着却又不知不觉睡过头，此时怕是已经过了卯时。大院里早已铺上了四五张长草席。在长草席上，圆木似的物件儿大约堆了两三千根，斜斜地冒了出来，像一座小山一般，几乎顶到了桧皮屋的屋檐上。定眼观瞧，才发现原来全都是一根根粗三寸、长五尺的山芋，多得吓人。

五位揉了揉自己惺忪的睡眼，心里不禁被一阵周章失措到近乎惊愕之感袭来，呆然间眼望四周。只见大院里处处安放着新打的桩子，上面架着五六口能装五斛米的铁锅，并排放在一起。穿着白色布袄的年轻女佣，约莫有几十个人，在铁锅周围忙碌转悠着：有的在烧火，有的在掏灰，还有的将崭新的白木桶里的"甘葛味煎^①"舀出来，再倒进铁锅中。总之都在为煮芋粥准备着，忙得不可开交。铁锅下升腾而上的烟气，锅中翻涌而起的水汽，与黎明还未散尽的雾霭交织在一起。整个大院完全笼罩在灰色的烟雾之中，连周遭事物都看不清楚。唯有铁锅下木

---

① 甘葛味煎：甘葛熬成的汁。

柴熊熊燃烧，发出一团团红彤彤的火光。眼中所见、耳中所闻，全是一片喧嚣嘈杂，仿佛置身于战场或火场之中一般。五位此时此刻仍在想着这如山的山芋在巨大的五斛铁锅中煮成芋粥的事。同时，他也想起自己正是为了吃芋粥，特地从京都不辞劳苦来到了越前国的敦贺。他越想越觉得自己真是羞耻至极。因此，我们五位那值得同情的胃口，此时已经消减了一半。

大约过了一个钟头，五位与利仁以及利仁的岳父有仁，一起前来吃早餐。摆在他们面前的，是一个可以盛约莫一斗的银提锅子，里面满满当当装满了如海般的，正是那令人恐惧的芋粥。五位刚刚看到，那几乎堆上屋檐的山芋被几十个年轻的男仆用薄薄的利刃灵巧地从一端削到另一端，那气势十分骇人。之后再由那些女佣，你来我往，不停地将山芋装满木桶，再倒进一口口能装得下五斛米的大铁锅里。最后，长草席上的山芋消失不见时，几缕混杂着山芋和甘葛味道的热气勃然从铁锅中升腾而起。热气如柱般飘舞升起，一直升到清晨晴朗的天空之上。而现在，对于刚刚舀进银提锅子里的芋粥，虽然还没有下口，五位已经感觉自己有了饱腹之感。这恐怕也是看到了这一切的缘故。——五位坐在银提锅子前，似乎有些不好意思地擦了擦额头的汗水。

"听闻阁下似乎还未饱餐过芋粥吧。请尽情享用，无须客气。"

利仁的岳父有仁吩咐童儿们又将几个银提锅子摆在桌子上。所有的锅里都装满了快溢出来的芋粥。五位闭上眼睛，平时就红彤彤的鼻子，此时变得更红了。他伸手将银提锅子里的芋粥倒了一半进素陶碗里，不情不愿地一饮而尽。

"家父也说了，请不要客气才好。"

利仁也在一旁，拿着一个装满的银提锅，坏笑着说道。难受的自然是五位。要说真的不客气的话，这芋粥从一开始他就一碗也不想喝了。现在忍耐着终于喝完了半锅，如果再喝下去，估计还没咽下去就吐出来了。但若是不喝的话，又怕会辜负利仁和有仁的好意，恐怕同样不好受。因此，五位只好闭上眼睛，将剩下的一半喝掉了三分之一。之后，他就再也不想喝一口了。

"感激不尽。我已经喝得够多了。——哎呀，真是感激不尽。"

五位吞吞吐吐地说道。看起来相当难堪，鼻尖上冒出豆大的汗珠，一直垂到髭须上，完全不像在冬日里。

"您也吃得太少了。看来贵客您还是太客气了。你，你，你们几个还不赶紧满上。"

罗生门

童儿们按照有仁的吩咐，将盛满芋粥的银提锅提上前来，想给五位的素陶碗里盛上。五位两只手像赶苍蝇似的挥动着，诚恳地表示谢绝之意。

"不，已经足够了……失礼了，确实已经足够了。"

就在此时，利仁突然指着对面的屋檐说："看那边。"若非如此，恐怕有仁还在劝五位继续喝芋粥，不会作罢。万幸的是，利仁的声音将众人的注意力吸引到远处屋檐那边去了。桧皮屋顶的屋檐正好被日光照着，在耀眼的光芒之中，一只毛皮光亮的野兽温驯地坐在上面，沐浴着阳光。仔细一看，那正是前日利仁在枯野的路上，亲手抓住的那只阪本的野狐狸。

"看来狐狸也想吃芋粥啊。来人，赏它也吃些。"

随着利仁的一声令下，立马就有人行动起来，在大院里准备好芋粥，给从屋檐上跳下来的狐狸吃。

五位远远望着正在吃芋粥的狐狸，不禁在心中回顾起那个来此地之前的自己。他开始有些怀念那个曾经被众多武士愚弄的自己；那个在京都的街道上被孩童骂着"什么嘛，你个红鼻子"的自己；那个穿着褪色水干服和奴袴，如那条无主的长毛犬一般在朱雀大道上徘徊漫步、可怜且孤独的自己；但与此同时，也是那个将饱餐一顿芋粥作为自己人生一件大事的幸福的自己。——他安心了，不需要继续喝芋粥了，同时感觉到满脸的汗水渐渐地从鼻尖开始风干。敦贺的清早虽然是大晴天，但他切身感受到风有些冷飕飕的。五位慌忙掩住鼻子，同时，对着银提锅打了一个大大的喷嚏。

大正五年（1916年）8月

手绢

※

东京帝国法科大学教授长谷川谨造[1]先生坐在阳台的藤椅上，阅读斯特林堡的《戏剧创作术》[2]。

长谷川先生的专业是殖民政策研究。因此，对诸位读者而言，先生阅读戏剧理论的书籍一事或许会有些许唐突。但是，先生不但是一位学者，同时也被人尊为教育家，哪怕是一部和自身专业研究并无必要的书籍，在某种意义上来说，无论是关于现代学生的思想，还是与其感情上但凡有些许关系的，只要一有空闲，他就必定要先过目一番。实际上，最近先生兼任校长的高等专门学校的

---

① 长谷川谨造：原型为新渡户稻造（1862—1933）。自外国语学校、札幌农学校毕业后，于明治十七年赴美国留学，三年后再去德国留学。归日后历任札幌农学校、京都大学、东京大学等教授之职。信仰基督教，主张国际和平，有强烈的爱国心。著作之一为以英文写作的《武士道》。其夫人玛丽是美国人，在留学期间两人成婚，膝下无子女。

② 斯特林堡的《戏剧创作术》：约翰·奥古斯特·斯特林堡（A.Strindberg，1849—1912），瑞典作家，芥川对其作品十分喜爱，并受到其巨大影响。《戏剧创作术》（*Dramaturgie*，1907—1910）是其随想风格的戏剧论著。

学生们热衷于阅读该作品，仅凭这个理由，连奥斯卡·王尔德的《狱中记》《意想》^①他也要劳神费力地品读。正因为先生性格如此，现在哪怕他阅读的是论及欧洲近代戏曲及演员的作品，也并不奇怪。之所以这么说，是因为在受到先生熏陶的学生中，给易卜生、斯特林堡，乃至莫里斯·梅特林克等人撰写评论的不但大有人在，更有甚者，想追寻这些近代戏曲家的足迹，立志终生从事戏曲创作。

每当先生读完出类拔萃的一章后，就会将黄色封面的书置于膝头，朝着阳台上悬吊着的崎阜提灯^②漫然地瞥上一眼。不可思议的是，每当这样做时，先生的思量就会从斯特林堡身上离开。与此同时，与自己一起前去购买这崎阜提灯的太太就会浮上自己的心头。先生是留学时代在美国结的婚，因此，太太自然是美国人。但是，她对日本和日本人的爱，却丝毫不比自己的先生少，尤其是日本精巧的美术工艺品，不少都是太太的心头所好。因此，将崎阜提灯悬挂在阳台上，与其说是先生的喜好，还不如说是太

_____

① 奥斯卡·王尔德的《狱中记》《意想》：奥斯卡·王尔德（Oscar Wilde 1856—1900）是英国19世纪末耽美主义的代表作家，著有《狱中记》（*De Profundis*，1905年）、《艺术性意想》（*Intentions*，1891年）。

② 崎阜提灯：崎阜产的提灯，一般为长卵形吊灯，下面垂着红色或紫色的吊穗，因可作为为逝者祈福的盂兰盆笼使用，故也称为"（盂兰）盆提灯"。

太的日本情趣的一个侧面体现更为恰当。

先生每次将书放下来，就会想到太太和崎阜提灯，以及这提灯所代表的日本文明。依据先生所信仰的见识，日本的文明最近五十年间在物质方面取得了相当显著的进步。然而，在精神方面，则几乎难以承认其取得了相应的进步。不，反而在某种程度上来说是堕落了。那么，现代思想家的当务之急，就是要知道如何才能将日本从这种堕落中拯救出来。先生的论断，是除了日本固有的武士道之外别无他法。所谓"武士道"一物，绝不应将其视为狭隘的岛国国民的道德，其中反而甚至蕴含着与欧美各国的基督教精神相一致的东西。如果能通过武士道，了解到现代日本思潮的归结点，则不仅能为日本的精神文明做出贡献，而且有益于促进欧美各国国民与日本国民的相互理解，甚至今后还有可能促进国际和平。——先生每日都在这个意义上，思考着自己如何成为横跨东西方的桥梁。对先生而言，太太和崎阜提灯，以及提灯所代表的日本文明在自己的意识里保持着某种和谐，绝没有任何不快之感。

但是，这样的满足感反复出现之际，先生发觉自己的思量在阅读时渐渐地与斯特林堡疏离开来。因此，先生稍微嫌恶地甩了甩头，之后又专心地开始将自己的目光集中到书本里细小的铅字上。恰巧刚刚读到的地方写着这样几句话：

　　——演员对于最普通的情感，发现了某种刚刚好的表达方式，在通过这种方法赢得成功时，不管是否适宜，他会一方面因为容易，另一方面因为通过此取得了成功，从而趋向于使用该手法。但是，这就是所谓的manière①……

　　先生本来与艺术，特别是戏剧风马牛不相及。甚至连日本的戏，到现在看过的次数也屈指可数。曾经有一名学生的小说里出现了一个叫"梅幸"的人名，即便先生自负博闻强记，对于这个名字，他也不明白究竟为何物。于是，先生在一次有事时顺便将该名学生叫了过来，询问道：

　　"你说说，这'梅幸'究竟是什么？"

　　"'梅幸'吗？梅幸是当时丸之内②的帝国剧场的专属演员。现在，则是在扮演《太阁记》第十出的

———————————

　　① manière：表演模式、惯用表现手法。

　　② 丸之内：本义为城郊内部，一般指江户城。这里应指今东京都千代田区的麹町一带，大致在皇居东御苑附近。

'操①'。"

学生身穿着小仓样式的裙裤，毕恭毕敬地回答道。因此，先生对于斯特林堡以简劲的笔锋评论过的各种演出法，完全没有自己的意见。但是，这也足以让先生产生出来几分兴趣。不过，仅限于先生联想起自己留学时，在西方看过的戏剧的范围之内。说起来，这倒有点像中学的英语教师为了找几个惯用语而去阅读萧伯纳的剧本一样。但，兴趣嘛，好歹还是有的。

阳台的天井上，悬挂着的崎阜提灯依旧没有点亮。长谷川谨造先生仍坐在藤椅上，阅读着斯特林堡的《戏剧创作术》。只是对这一点进行描写，想必读者就可以轻易地想象出这个初夏的午后有多么漫长。但先生此时也绝非正苦于无聊。如果有人试图这样解释的话，那就会将我此时描写的心境故意曲解为冷嘲热讽。——而现在，先生甚至只能将斯特林堡都暂时中断下来，因为女佣突然前来告知有访客登门，打断了先生的雅兴。在交际这方面，无论一天有多漫长，只要先生没有忙坏，似乎也不会停止……

先生将书放下来，瞥了一眼方才女佣递过来的一张小小的名片。名片是象牙纸质的，上面细细地写着"西山笃

---

① 操：歌舞伎《太阁江》里的女主角。

子"。怎么看也不像是之前见过面的人。先生交际圈子很广，等他从藤椅上起身时，为保险起见，还特意将脑海里的人名簿反复搜索了一通。然而遗憾的是，记忆中根本没有与这个名字相对应的脸庞浮现出来。于是，先生将名片当作书签，夹在了书里，随手将书放到了藤椅上。先生看起来有些沉着不下来，他一面整理铭仙绸①单衣的前襟，一面又不经意地瞅了瞅眼前的崎阜提灯。在这种场合，恐怕任何人都会如此：相较于等候的访客，让客人等待的主人家更巴望着尽早见到对方。尤其是像先生这样平日都非常严谨的人，即便不是面对像今日这般未知的女性访客，也同样如此。这一点无须赘言。

不久，先生估摸着时间，推开了接待室的房门。先生走了进去，就在手刚刚离开圆把手的同时，原本坐在椅子上的那位大约四十岁模样的妇人也站了起来。来客穿着超出先生判断的高雅的铁青色和服单衣，外套一件黑色的罗纱刺绣外褂。外褂上面别着的衣带扣，将胸口处收得很窄，衣带扣上那清澈的菱形翡翠装饰则从胸口处凸显了出来。先生对于他人的外在形象有些漫不经心，然而诸如

---

① 铭仙绸：指一种平织的丝织品，因为结实且廉价，多用于女性日常服装、寝具等。

　　　　　　　　　　　　　　　　　罗生门

妇人头上梳成圆形发髻①之类的琐事，却瞬间就能了然于胸。妇人长着日本人特有的圆脸，皮肤呈琥珀色，俨然一副贤妻良母的模样。先生瞥了一眼，感觉这位访客的脸面有些熟悉，仿佛在哪里见过似的。

"我是长谷川。"

先生和蔼地点头致意。先生想着，自己这么讲的话，若是之前见过面，对方应该会先说出来的吧。

"我是西山宪一郎的妈妈。"

妇人用她清晰的声音说道，接着又礼貌地给先生点头回礼。

说到西山宪一郎，先生也是记得的。他是先生的一名学生，主要写易卜生以及斯特林堡的评论，专业好像是德国法律，上了大学之后也经常带着一些问题出入先生的家门。然而今年春天，西山罹患腹膜炎，住进了大学医院。先生也曾顺路去探望过他一两次。原来先生看到这名妇人的脸庞时觉得眼熟，也并非偶然。这名妇人与那个浓眉的精神小伙儿长得惊人地相似。日本有句谚语来形容这种一模一样的长相："一个瓜，分两半。"

"啊！您是西山的……是吧？"

---

① 圆形发髻：已婚妇女多梳成此发型。

先生一面独自点着头，一面用手指了一下小桌子对面的椅子。

"请到这边坐。"

妇人先是对自己的突然到访表示歉意，接着又礼貌地施了一礼，在先生指向的椅子上坐了下来。就在坐下的同时，她顺势从衣袖里抽出来一个白色的东西，大约是手绢。先生见此，赶忙将桌子上的朝鲜团扇递了过去，并侧身在妇人对面的椅子上坐了下来。

"您这屋子真不错。"

妇人稍显刻意地将房内看了一圈。

"哪里哪里。光是大，一点儿也不讲究的。"

先生早已习惯这种寒暄方式。恰好此时女佣端来冷茶，摆在客人面前，于是先生马上将话头转到对方身上。

"西山现在怎么样了？病情没什么变化吧？"

"嗯。"

妇人恭敬地将双手叠放在膝盖上，稍微顿了顿，接着静静地回应他的问话。她说话时的语气是那么沉着，那么顺畅。

"实际上，今日我正是为了犬子的事情前来。他终于还是没挺过来。犬子生前承蒙先生多方关照……"

先生本以为夫人不喝茶只是因为客气。就在这时，他正要将红茶的茶碗送到嘴边。先生想着，与其勉强劝对方喝茶，还不如自己先啜两口给她看。然而，茶碗还没有碰到先生那柔软的髭须，妇人的话语就突然在先生的耳中炸开了。这茶是喝，还是不喝？——这种思量与青年的死亡消息完全独立开来，一瞬间，让先生顿觉心烦意乱。然而，又不能将手上一直端着的茶碗直接放回去。于是，先生索性猛地喝完了半碗茶水，稍稍蹙着眉头，用哽咽的声音说了一声："啊，这……"

"在犬子住院期间，我也听他说起一些关于您的事，我想您平时也一定很忙，所以想来给您道个谢，顺便告知您这个消息。"

"不，不用客气。"

先生放下茶碗，将一把打了蜡的青色团扇拿了起来，神情怃然地说道：

"终于还是没能挺过来啊。原本是个正要大展身手的年纪……我还想着好久没去医院探望，他也大抵应该好得差不多了。没想到……说起来，他去世是几时的事了？"

"昨天正好是头七。"

"如此说确是在医院……"

"正是如此。"

"唉，真的太意外了！"

"不管怎么说，能做的都做了，也只能听天由命了。都已经做到这个份儿上了，总不能动不动就怨天尤人吧。"

在进行着这样的对话时，先生发觉到一个令他颇感意外的事实。那就是，妇人在讲述时，无论是态度还是举止，都完全不像是在讨论她自己儿子的死讯，眼中自然也没有一丁点儿的泪水，声音听起来也是和平素别无二致。不仅如此，她嘴角上甚至还浮现出来一丝微笑。这情形，如果不听谈话的内容，只是看她表情的话，任谁都会只认为这妇人是在谈论着一些家长里短的杂事。——对此，先生感到不可思议。

从前，先生在柏林留学时发生了一件事情。当今德国皇帝的父亲威廉一世驾崩①了。先生在经常去的咖啡店里听到了这则讣告，自然也只能是一通感慨。于是，像平时一样精神饱满地夹着手杖回到寄宿的地方。寄宿在家中的两个孩子，在他刚一打开门时，就从两边过来抱住先生的脖子，一齐"哇"地哭了起来。一个是穿着茶色夹克衫

① 1888年，德意志皇帝威廉一世（Wilhelm Ⅰ）去世后，其子弗里德里希（Friedrich）三世即位，但仅仅统治了99日即宣告终结。弗里德里希的儿子即威廉一世的孙子——威廉二世（Wilhelm Ⅱ，1882—1918年在位，1941年去世）即位。威廉二世是"当今德国皇帝"，威廉一世为其父亲应为作者谬误。

的年近12岁的女孩子，一个是穿着深蓝色短裤的9岁男孩子。先生十分疼爱孩子，但此时也不明所以，于是，一面轻轻抚摸着两人的浅色头发，一面不停出言安慰道："怎么啦，怎么啦？"但是，孩子们只是不停地在哭。过了好一阵，才抽泣着回答道：

"听大人说，陛下爷爷去世了。"

先生对于这事感觉到不可思议。一个国家元首的死，居然能让孩子都悲伤到这个程度。此事让先生不由得思考起皇室与人民之间的关系问题。不仅如此，自从来到这里以后，西方人那种冲动式的感情表露，屡次三番使得先生耸动视听，时至今日也让作为一名日本人且信仰武士道精神的先生感到惊讶不已。当时那种惊讶与同情融为一体的心情，至今仍然想忘也忘不掉。——先生此时的心情与之前大抵相同，只是相反地，他对于这位妇人没有哭泣感到不可思议。

但是，在第一个发现之后不久，他紧接着又有了第二个发现。

恰好此时主客之间的话题正从对早逝青年的追忆，谈到其日常生活的细节，正在再次准备谈回追忆的时候，不知何故，先生手里的朝鲜团扇突然滑落，"啪"的一声跌落到木片拼花的地板上。谈话并非那般迫切，自然能容许片刻的断续。于是，先生将半个身子从椅子上探出去，向下把手伸向地板。团扇正掉在小桌子的下面——妇人穿着室内鞋，里面是白色布袜，而团扇就掉在白色布袜的旁边。

这时，先生偶然看见了妇人的膝盖，膝盖上放着两只拿着手绢的手。若只是如此，也算不得什么发现。但先生察觉到妇人的手在剧烈地颤抖着。与此同时，或许是想强行压抑这股情感的激动，妇人膝盖上的手绢，被这双手紧紧地握住，仿佛要被撕裂开来。最后，先生还察觉到皱成一团的手绢在柔软的手指之间，刺绣的花边俨然被微风拂过般颤抖着。——妇人只是脸上在微笑着，而实际上从刚才开始她就用全身在哭泣着。

当先生拾起团扇抬起头时，脸上露出一副从未有过的表情。这仿佛是看见了不可见之物的虔诚之心，与在这种虔诚之心的意识之下产生出的某种满足感，带着一种有些许表演成分，似乎有些夸张地表现出来的，甚为复杂的表情。

"唉！您的心痛，像我这样没有孩子的人也能感同身受。"

先生仿佛看见了某种炫目的事物似的，稍稍有些夸张地仰着头，用低沉的声音这样说道。

"谢谢！但是，事到如今我再说什么也于事无补了……"

妇人稍稍低下了头。神采奕奕的脸上，依然挂着满面的笑意。

※

接下来，是两小时之后。先生泡了澡，吃完晚饭，抓了一把樱桃在手里当作饭后水果，又悠闲地在阳台上的藤椅上坐了下来。

在漫长的夏日黄昏，天空中始终弥漫着微亮的光线，宽大的阳台上玻璃窗户全部敞开着，现在看起来还没有要完全暗下去的意思。在微弱的光亮中，先生一直把左脚跷在右膝上，将头靠在藤椅的椅背上，失神地眺望着崎阜提灯的红色穗子。前面阅读的斯特林堡，虽然拿在手上，却似乎一页也没有读。这也是理所当然的。——先生的脑海完全被西山笃子妇人那坚忍的举止占据，一直挥之不去。

吃晚饭时，先生将整件事情从头至尾给太太说了一遍，随后，将其体现的日本女性的武士道精神褒奖了一番。太太热爱日本和日本人，听说了这事自然也不由得心生同情。先生对于自己能找到太太这样一位热心的听众表示满意。于是，太太、刚才的妇人，以及崎阜提灯——现在这三者带着某种伦理方面的背景，从先生的意识中浮现出来。

先生长时间地陷入这种幸福的回顾中，不知道过了多久。忽然，先生猛地想起杂志社向他约稿的事来。这本杂志以"与现代青年书"为题，向四方的大家征求一般道德方面的意见。那就以今天的事件为题材，尽快写一份感想寄过去吧。——这样想着，先生轻轻挠了挠头。

挠头的手，是拿着书的那只手。先生发现之前一直被忽略的这本书里有一张刚刚塞进去作为记号的名片。于是，他把刚刚读到的那页翻了开来。这时，女佣进来点亮了他头顶的崎阜提灯，原本模糊不清的细小铅字，看起来也不那么费劲了。先生并不是特别想阅读，只是心不在焉地将目光落在书页上。斯特林堡这样说道：

我年轻时，听人说起过关于海伯格夫人[①]一条产自巴黎的手绢的故事。那是一场脸上带着微笑，同时用手将手绢撕成两半的双重表演。这在如今我们将其称为"花招"……

[①] 海伯格夫人：Frau Heiberg。或为丹麦的抒情诗人Johan Ludvig Heiberg（1791—1860）的夫人，未详。

罗生门

先生将书放到膝盖上。书是敞开着的，西山笃子的名片仍旧夹在书页正中间。但先生此时心里想的已经完全不在那个妇人身上。不仅如此，他在想的既不是太太，更不是日本的文明，而是某种将要打破这些安然和谐的来路不明的事物。它与斯特林堡所排斥的演出法及实践道德层面上的问题，自然毫无雷同之处。然而，在刚读完那部分后接收到的暗示之中，似乎有某种事物在试图干扰先生那刚泡完澡出来的悠闲的心境：武士道，还有它的表演模式。

先生有些不快地甩了两三次头，随后抬起眼睛，开始死死地盯着那描绘着秋草图案的崎阜提灯里明亮的灯火……

大正五年（1916年）9月

烟草与恶魔

※

烟草一物，本来并非日本原产的植物。那么，究竟是何时舶来日本的，在不同的记载中说法各不相同。有的说是庆长年间，也有的说是天文年间。但是，到庆长十年左右，烟草似乎已经在日本各地开始栽培。再到文禄年间，甚至还出现了诸如"烟草法度钱法度[1]，二者皆是无用物。天皇玉音没人听，威严医生讨人恶"的打油诗。由此可见，此时吸烟已经开始在民间流行起来。

烟草究竟是经何人之手舶来日本，恐怕每个历史学家都会回答是葡萄牙人，抑或西班牙人之类。但这也未必是唯一的答案。除上述答案以外，还有一个传说。根据这个传说，烟草乃是恶魔不知从何处带来世间的，之后，这恶魔之物再由天主教的伴天连[2]（恐怕是法兰西上人[3]）不远

---

[1] 烟草法度钱法度：指幕府所制定的烟草禁止令与劣质货币流通禁令。

[2] 伴天连：Padre（葡萄牙语），神父。

[3] 法兰西上人：Francis Xavier 方济各·沙勿略。西班牙耶稣会的传教士。1549年开始在日本传播基督教。

万里带来日本。

这样说起来，切支丹（天主教）宗门的信徒，定会追究我污蔑他们的帕特尔[①]的责任。但就我而言，这似乎就是一个事实。之所以这样说，是因为南蛮之神东渡而来的同时，南蛮的恶魔也来到了日本。可以毫不讳言地说，西洋的善被引进的同时，西洋的恶也同样到来。

但是，这个恶魔实际上有没有将烟草带过来，这一点我也无法保证。不过，阿纳托尔·法朗士在著作[②]里写到过恶魔试图用木樨草引诱某个和尚的事。如此看来，试想恶魔将烟草带来日本，似乎也不能说是一派胡言。即便我所说的不是事实，这个虚构的事实在某种意义上来说，或许也无限接近于真相。——于是，我将自己的这个想法结合烟草舶来的相关传说，写成如下的故事。

※

天文十八年，恶魔幻化成为陪伴方济各·沙勿略的一名伊留满[③]，经过漫长的海路跋涉，终于安然无恙地来

---

① 帕特尔：Pater（拉丁语），神父。

② 阿纳托尔·法朗士的著作：Anatole France所写的《司祭的木樨草》。

③ 伊留满：irmo（葡萄牙语），传教士的位阶。仅次于神父。

到了日本。而被恶魔幻化的那名伊留满本人，在停靠阿妈港①时上岸。其后一行人所乘坐的黑船在他还未登船的情况下出港。在此之前，恶魔将一只尾巴钩在帆杆上，倒挂着悄悄地窥伺船上的情形。得知这一情况后，恶魔迅速变化成那名男子的相貌，朝夕侍奉在法兰西上人的身边。这一点毋庸置疑，须知恶魔在寻找浮士德博士时，甚至可以化身成为穿着红色外套的出色骑士。因而，这套把戏对它而言，自然算不得什么。

不过，来到日本之后，恶魔却发现日本竟与在西洋时《马可·波罗游记》中所描述的样子大相径庭。首先，这本游记中记载着日本全国遍地黄金，但环顾四下却全然没有如此景致。若真是如此，只要稍微将石子儿用爪子摩挲几下就能变作黄金的话，似乎也可以拿来诱惑相当大部分的人。除此之外，还有诸如日本人迷信珍珠具有某种起死回生的魔力之类的说法，想必也是马可·波罗的谎话。既然是谎话，那往各处的井口里吐几口唾沫，让恶病在此间流行起来的话，大部分人恐怕就会不得已忘记那来世的波罗苇僧②吧。——恶魔跟在法兰西上人的身后，满脸敬佩似的在这一带观摩。一路上恶魔偷偷地思考着，独自发出

① 阿妈港：中国广东省的港口。即今天的澳门。当时为葡萄牙商人居留地。

② 波罗苇僧：Paraiso（葡萄牙语），天堂。

了会心的微笑。

但是，唯有一点在当下极为困难，这一点即便是恶魔本人也无能为力。那就是方济各·沙勿略此时刚抵达日本不久，传道事业还没有完全展开，切支丹的信徒一个也没有。如此一来，自然就不会有什么想诱惑的对象。对此，恶魔自己也存在不少困惑，其中，最难的事莫过于打发这无聊的时间。

于是，恶魔在考虑过各种各样的方案之后，决定先做些园艺以打发无聊。它从自己的耳朵里掏出在西洋出发时塞进去的各式品类繁杂的植物种子来。至于土地嘛，从附近的田地里借一些过来，也不是什么难事。法兰西上人对此也极为赞成。当然，上人以为跟随自己而来的这名伊留满是想将西洋的药用植物或其他什么东西移植到日本来。

恶魔很快借来了锄锹，在路旁开垦了一块旱地，耐心地耕种起来。

刚好此时是水汽较多的初春时节，远处寺庙里的钟声穿过弥漫的雾霭，木然地如昏沉欲睡般响起来。这钟声是如此娴静，与恶魔曾经听惯的西洋修道院里那格外响亮，直冲脑门的钟声完全不一样。——但若是以为在这样一副太平盛世的景象之下，恶魔的心情也会变得轻松起来，那就完全想错了。

每当听到这梵钟的钟声，相较于圣保罗①修道院的钟声，恶魔更加感到不快。于是它蹙着眉头，更加努力地开始打理起旱地来。之所以要这么做，是因为听到这悠扬的钟声，沐浴在温暖的阳光之下时，恶魔的内心竟然不可思议地开始松弛下来。此时的它既不想行善，也不想作恶。如此一来，也就没有必要千里迢迢渡海过来诱惑什么日本人了。——如同被伊万的妹妹斥责为掌中无肉茧②的人一般，原本厌恶劳作的恶魔，此时却拼命地挥舞着铁锹。这完全是因为它害怕一不小心被那潜入自己身体内的道德催眠了，为了排遣这种情绪，才如此认真劳作。

　　过了数日，恶魔终于将旱地打理完毕，耳孔里的种子，也悉数播种到了田畦里。

※

　　之后过了数月，恶魔播种的种子开始发芽，抽出茎秆儿，到了这一年夏末的时候，一大片绿油油的叶子将整片旱地都覆盖了起来。尽管如此，却没有一个人知道这种植

---

　　① 圣保罗：Saint Paul，伦敦市内的基督教堂。

　　② 掌中无肉茧：来自托尔斯泰的《傻瓜伊万》。伊万那耳朵不好使的妹妹，将前来讨要食物的人群里手中没有茧子的称为"懒汉"，并将他们赶走。

物叫什么名字。哪怕是法兰西上人亲自来询问，恶魔也只是嘿嘿笑着，沉默着并不作答。

不久，这些植物茎秆尖上开出了一簇簇好似漏斗形状的淡紫色花朵来。恶魔为了让这植物开花可是费了好一番工夫，因此它也似乎格外开心。于是，每天早晚修行结束之后，它总是马上来到旱地里，心无旁骛地培育这些植物。

有一天（这是在法兰西上人外出传道，恶魔留守在家的几日内发生的事情），一个牛贩子牵着一头黄牛，从旱地旁边经过，看到在开满紫色花的旱地中，一个穿着黑色修道服、戴着帽檐儿宽大的帽子的南蛮伊留满，在篱笆地里不停地将叶子上的虫捉下来。牛贩子从来没有见过这种花，不禁停下脚步，除下头上的斗笠，客客气气地跟这位伊留满搭话道：

"您好！上人，您那花不知叫什么名字啊？"

伊留满回过头来，牛贩子看到一位鼻梁低矮、眼睛颇小，怎么看都面善的红发人。

"这个吗？"

"正是。"

红发人靠在篱笆上，轻轻地摇了摇头，接着用蹩脚的日语说道：

"这东西的名字，很抱歉，不能告诉别人。"

"那，您的意思是说，法兰西上人不让您说吗？"

"不，不是的。"

"那您是否可以告诉在下呢？我最近接受了法兰西上人的教化，也已经按照教义做了皈依。"

牛贩子有些得意地指了指自己的胸口，原来是一枚小小的纯铜十字架。它挂在自己的脖子上，在阳光底下熠熠生光。或许是被晃得有些刺眼，伊留满稍皱眉头，垂下眼睑看向地面。不一会儿，似乎比之前更加和蔼可亲，语气中不知是开玩笑还是严肃地对牛贩子说：

"那也不行。这个是我们国家的规矩，不能对人言明。不过，你倒是可以猜一猜。我听说日本人很聪明，你肯定能猜中。若是猜中了，这地里种的所有东西，全部都送给你。"

牛贩子以为伊留满是跟自己开玩笑。他被太阳晒得黝黑的脸上堆起笑容，故意夸张地歪着脑袋，问道：

"这是何意啊？您突然这么一说，我有些糊涂了。"

"今天猜不到也没关系。给你三天时间，好好想一下。你也可以向别人打听打听。要是猜到了，这些都送给你。另外，珍陀酒①也一并送你。还有，波罗苇僧埄利阿

————————————

① 珍陀酒：红葡萄酒。"珍陀（tinto）"在葡萄牙语中为"红色"之意。

利①的画也送给你吧。"

牛贩子被对方这格外的热情给吓呆了似的。

"那，如果没猜中，我给您什么呢？"

伊留满重新把帽子戴到头上，挥了挥手，笑了起来。那笑声有些尖锐，像乌鸦的叫声一般，让牛贩子感觉有些意外。

"要是没猜中，我就从你这里拿一样东西。赌博嘛，就是赌个中或是不中。要猜中了，这些都送给你。"

说着说着，红头发的声音重新恢复到它之前那般和蔼可亲。

"好吧。那我也豁出去了。要是猜不中，您要什么我都给您。"

"什么都成吗？那头牛也行？"

"要是这头牛您满意的话，现在就送给您。"

牛贩子一面笑着，一面轻抚黄牛的额头。到此时，他仍然认为这个好心的伊留满是在跟自己开玩笑。

"不过，要是我赢了，那些开花的草可就归我了哦。"

"好！好！那，我们就说好了。"

"说好了。我以我主耶稣之名发誓。"

伊留满听闻此言，小眼睛里闪烁着光芒，颇为满意地

---

① 波罗苇僧垤利阿利：Paraiso terral（葡萄牙语），地上的乐园。

哼哼了两三声。然后，左手叉腰，稍稍昂起胸膛，右手轻轻摩挲着紫色的花，说道：

"那么，要是你没猜中的话——我就要你的身体和灵魂。"

说着红头发伸出右手，夸张地抡起来把帽子摘了下来。两只山羊角似的东西，从那乱蓬蓬的头发中长了出来。牛贩子不禁吓得脸色都变了，拿在手里的斗笠也掉到地上。不知是不是太阳被遮住的缘故，旱地里的花和叶子都一时间失去了鲜艳的颜色，连牛贩子身边的黄牛，都好像在害怕什么似的，低着头发出哞哞的低沉叫声……

"你跟我起的誓约，对你我都是算数的。你刚刚已经用那个我不能说的名字起誓了。别忘了，期限只有三天。那么，再见吧！"

恶魔以一副嘲弄却又显得有些殷勤的语调说着，还刻意对这牛贩子客客气气地鞠了一躬。

※

牛贩子突然有些后悔自己一不留神着了恶魔的道。这样下去的话，恐怕会被那个"迪阿波①"给逮住，身体

---

① 迪阿波：Diabo（葡萄牙语），恶魔。

和灵魂肯定都会被那"永远不灭的猛火"烧成灰烬。如此一来，舍弃之前的宗教信仰，波宇寸低茂①也就失去了意义。

但是，既然以主耶稣基督之名起誓，所定的誓言就不可以违背。当然，要是法兰西上人在的话，还有得商量。但就是这么巧，他现在也不在。于是三天时间里，牛贩子没有一刻闭上眼睛休息，认真思考对策，想将计就计破除恶魔设下的陷阱。思来想去，除了知晓那种植物的名称之外，似乎也别无他法。但是，如果连法兰西上人也不知道那种东西的名称，那哪还有什么人会知道呢……

牛贩子只好在约定期限的前一个晚上，牵着那头黄牛，悄悄地潜行到伊留满所住的房子附近。房子和旱地紧挨在一起，门对着道路一边。等到了才发现，伊留满已经睡着了，屋里连灯都已经熄灭。天上虽然挂着月亮，但恰好此时被阴沉沉的云遮挡住了，夜色一片朦胧。在静悄悄的旱地里，那紫色的花在令人胆怯的微暗的夜色中，隐约可见。本来，牛贩子想到一个不太靠谱的点子，才偷偷摸摸来到此处。但是看到这一幅寂静的景色，他不知何故开始恐慌起来，甚至产生了一种直接掉头回去的念头。特别

---

① 波宇寸低茂：baptismo（葡萄牙语），洗礼。

是一想到那扇门背后的那位长着山羊角的先生，此时或许正做着因边留浓①的梦境，自己内心那点儿好不容易才鼓起来的勇气，也没出息地消沉下去。但是即便如此，只要一想到要将自己的身体和灵魂交到"迪阿波"的手里，他也知道现在不是泄气的时候。

于是，牛贩子一面向昆留善麻利耶②祈祷，希望得到她的加持，一面又下定决心，重新实施之前策划好的计划。说是计划，其实也无他——将牵来的黄牛解开牛绳，一面在牛屁股上猛抽，一面赶着牛在这块旱地里疯跑。

牛屁股上挨了打，吃痛跳起来，撞破了篱笆，将旱地踩了个稀巴烂，牛角也三番五次撞进了房子的木板缝隙里。不但如此，牛蹄声、牛叫声穿过薄薄的夜幕，将雾气搅动起来，在四周发出剧烈的回响。不一会儿，窗户被打开了，一张脸探了出来。因为在夜色中，看不清长相如何，但可以确定是幻化成伊留满的恶魔无疑。可能是错觉，那头上的角在夜里显得格外清晰。

"这畜生！居然将我的烟草地给毁了！"

恶魔挥着手，睡意蒙眬地怒吼道。可能是刚刚睡着就

---

① 因边留浓：inferno（葡萄牙语），地狱。

② 昆留善麻利耶：Virgen Maria（葡萄牙语），处女玛利亚（即圣母玛利亚）。

罗生门

被吵醒的缘故，一股"起床气"让它似乎非常恼火。

但此时，躲在旱地后面偷窥情况的牛贩子，却将恶魔的这句话听得一清二楚。这恶魔的喃喃之语在他听起来，仿佛是泥乌须①的声音一般震撼……

"这畜生！居然将我的烟草地给毁了！"

※

后来，如同所有这种类型的故事一样，此事画上了圆满的句号。牛贩子顺利地说出了烟草的名字，让恶魔栽了一个大跟头。而种在地里的烟草，自然也尽数变成牛贩子的囊中之物——大概就是这样一个故事。

但是，我却一直在思考，这个从前流传下来的传说是不是有着更深一层的意味。之所以这么说，是因为恶魔虽然没能将牛贩子的身体和灵魂据为己有，但却将烟草的种植普及整个日本国。试想，正如牛贩子的救赎伴随着堕落的成分一样；恶魔的失败，却也存在着成功的一面。恶魔是不会轻易吃亏上当的，而人在战胜诱惑的同时，却意外地收获了失败。难道不是这样吗？

接下来，我再简单地将恶魔的行踪做个总结。在法

---

① 泥乌须：Deus（拉丁语），神。

兰西上人归来之后，依靠着神圣的五角星形①的威力，将恶魔从这块土地上驱逐出去。从那以后，它仍旧以伊留满的外形四处徘徊、流荡。还有记录说，它在南蛮寺②建成前后，还时不时地在京都出没。还有传闻说那个将松永弹正③玩弄于股掌之间的叫作果心居士④的男子，也是这个恶魔所化。这些都记录在小泉八云⑤先生的书里，这里就不再赘述。后来，又逢丰臣、德川两氏禁遏外教，在禁止初期据说恶魔还曾现身，但最后终于还是完全从日本消失了。记录里关于恶魔的消息大概只有这些。到了明治年间以后，恶魔再次东渡而来，但它的动静我却不得而知，这倒是极为遗憾呢。

大正五年（1916年）10月21日

---

① 五角星形：Pentagrma（葡萄牙语），为除魔的咒语。

② 南蛮寺：天正四年（1576年）于京都建立的基督教礼堂。

③ 松永弹正：松永久秀（1510—1577），初仕于三好长庆，在长庆死后将其子义兴毒杀，后又迫使足利将军义辉自杀。归于信长后于天正五年谋反被杀。

④ 果心居士：别号因果居士（？—1617），为茶道名人，擅长风雅之道。

⑤ 小泉八云：1850—1904，爱尔兰裔日本作家，出生于希腊，原名拉夫卡迪奥（Lafcadio Hearn）。小泉八云写过不少向西方介绍日本和日本文化的书，是近代史上有名的日本通，现代怪谈文学的鼻祖，主要作品有《怪谈》《来自东方》等。

烟管

※

一

　　加州①石川郡金泽城的城主前田齐广②在参觐时，每次登上江户城的本丸③，必定带着那支他最喜爱的烟管。这支烟管是当时有名的烟管商人——住吉屋七兵卫亲手制作的。烟管工艺相当考究，纯金打造，通体散落雕刻着前田家的剑梅钵家纹。

　　按照德川幕府的制度，前田家从五世担任加贺守纲纪④以来，一直担任大廊下诘⑤，席次世世代代仅次于尾纪

---

　　① 加州：即加贺藩，别称加州，大致位于今石川县。

　　② 前田齐广：前田家的第十一代藩主。

　　③ 本丸：城堡中心区域。

　　④ 加贺守纲纪：由中央派遣，掌管各国政务的地方官中的最高位阶。"守"为官职名，即一国之长官。"加贺守"即加贺国国主。纲纪是前田家第五代家主的名字，即前田纲纪。

　　⑤ 大廊下诘：大廊下是江户城本丸的日式房间名。分为上下两个方位，上方的房屋为将军的亲族三家三卿，下方的房间为加贺前田、越前松平、因幡池田、美作松平等大诸侯值班守候。"诘"为"诘所"，即值班之地，这里指席次。"大廊下诘"是一种官阶品级的象征，为诸大名中最高的席次。

水三家①。毋庸置疑，从富裕程度上来讲，当时的大小名中能与之比肩者，几乎一个也没有。因此，身为前田家家主的齐广手持一支纯金的烟管，与其说是以其彰显身份，倒不如说只是配搭了一个与身份相匹配的装饰品罢了。

但是，齐广对于他手上的这支烟管却感到甚为得意。这里尤其要提前声明的是，无论从哪个意义上来说，齐广的得意绝非因自己喜欢把玩这支烟管，而在于他在日常生活中能够将这样的金烟管衔在嘴里，更能凸显出他的势力与诸侯相较的优越感。也就是说，手里这支纯金的烟管俨然成了加州百万石俸禄的象征，无论去到何地，他都能拿出来，而这一点正是齐广所得意的地方——相信这么说应该没有任何问题。

由于这么一层缘故，齐广在登城的过程中，烟管几乎从不离身。与人交谈时自不必说，就连独自一人时，他也不忘将金烟管从怀里掏出来，悠然地叼在嘴上，点燃长崎烟草或其他烟草，名贵烟草的香气和烟气悠悠地升腾起来。

当然，这种得意的心理，并不像向人炫耀金烟管或是

---

① 尾纪水三家：即御三家，在亲藩中具有最高地位，辅佐将军，除水户家之外的御三卿在将军无继嗣的情况下，均有可能继承将军的家业。

其所代表的百万石俸禄那般，具有"增长慢①"的性质。但是，即便他自己并不想炫耀，在整个大殿之中，人们的视线也明显都集中到他手上的金烟管上来。当齐广开始意识到这一点时，他从中感受到了相当的愉悦。特别是当同席的大名说他的烟管太漂亮，想借来一观时，齐广甚至觉得连抽惯的烟草的烟味儿都比平时更加干脆地刺激他舌头上的味蕾。

二

在对齐广手持的烟管感到震撼的人中，最喜欢以此为话题的，则要算所谓的"和尚"这一阶层的人了。他们动辄凑到一起，围绕着这支"加贺烟管"的材质，用他们最擅长的斗嘴，开始喋喋不休起来。

"真不愧是大名手里把玩的物件儿啊。"

"同样是一支烟管，那纯金的，拿到哪里都可以显摆一番。"

---

① 增长慢：即增上慢，慢为佛教中的五毒之一，即骄慢、傲慢，慢又分七种，增上慢为其中一种，意为没有达到、证得某种境界、某种觉悟，但是却认为自己已经达到了。语出《瑜伽师地论》："于其殊胜所证法中，未得谓得，令心高举；名增上慢。"

"不知道拿去典当的话，能值多少钱啊！"

"齐广又不像你，怎么会拿去当掉？"

——大概就是这样的论调了。

某一日，他们五六个人又聚在一起，把圆秃秃的脑袋凑在一块儿，一边抽着自己的烟，一边又开始聊起金烟管的传闻来。恰巧此时，御数寄屋坊主^①——河内山宗俊前来。这个河内山宗俊，也就是在后来被称为"天保六歌仙"^②中的主要人物之一。

"哼，又是那金烟管吗？"

河内山斜眼看着一个和尚，揶揄道。

"无论是雕工还是材质都了不得！像我等连银质烟管也用不起，看一眼都觉得奢侈不已……"

一位叫了哲的和尚越说越来劲，等他回过神来，宗俊早已不知何时将他的烟草袋拿了过去，从那烟袋里抓起烟草，然后自顾自地悠然抽了起来。

---

① 御数寄屋坊主：茶寮的坊主，江户幕府的职位名。从属于若年寄的管辖之内，司职茶礼、茶器。

② 天保六歌仙：出自日本德川幕府末期至明治年间说书人松林伯圆自编的长篇读物《天保六花撰》。河内山宗俊在历史上确有其人，原名宗春，是一名僧人，平素作恶多端，在水户藩因敲诈勒索被捕，后死于狱中。其事迹被收录在实录、歌舞伎之中。

"喂，喂！这可不是您的烟袋！"

"有什么关系！"

宗俊看也不看了哲，又继续往自己的烟锅里塞起烟草来，吸完之后，深深地打了一个欠伸，才把烟袋扔了回去。

"嗯，这烟草真差劲！你们喜欢烟管这事儿，我早就听腻了。"

了哲接过烟袋，慌忙收了起来。

"哎，那纯金的烟管，我真想拿来抽两口啊。"

"哼，又是烟管，"宗俊嘴里重复着，"要是纯金的烟管真那么罕见，为何不去要来？"

"去要烟管吗？！"

"是啊。"

听到此言，连了哲也被对方旁若无人的说法给惊呆了。

"不管您还是我们有多想要那支金烟管……要说那只是一支银质烟管，就不用说了。那可是纯金的，纯金烟管啊！"

"我知道。正因为是纯金的，我才想要呢！有谁想去要个纯铜的破烂货？"

"但，那齐广多少有些恐怖。"

了哲拍着自己那剃得光溜溜的脑袋，好似害怕似的浑身颤抖着说道。

"若你不要，那我去要好了。先说好了，到时候你可别羡慕我。"

河内山这样说着，将自己的烟管磕了磕，耸着肩膀嘲笑起来。

三

再之后过了不多久，齐广和平时一样，在殿中的一间屋内刚点燃烟草，描绘着西王母的金拉门悄然被人拉开。一个穿着黑手黄八丈[①]、黑色附纹外褂的和尚，恭敬地爬到了他的面前。那和尚一路低着头进来，看不清到底是谁。齐广以为发生了什么大事，于是敲着烟管，用他那悠扬洪亮的声音问道：

"有何事？"

"是！宗俊有求于您！"

河内山这样回答道，暂时停顿了一下。他接着说道："绝非他事。只是希求阁下将手上的烟管赐予在下。"他

---

① 黄八丈：八丈岛产的黄底黑色竖条纹绢织物。

一边说着，一边渐渐将自己的头抬起来，最后眼神一直停留在齐广的脸上。这个眼神只有他这样的人才拥有，仿佛在向对方撒着娇，又像毒蛇在盯着自己的猎物一般。

齐广不经意瞥了一眼手里的烟管。就在他眼神落在烟管上的同时，河内山仿佛在追赶他似的，紧接着说道：

"不知您意下如何？能否承蒙赏赐？"

宗俊的话语里不仅仅是恳求之意，同时也包含了僧侣这个阶层对所有的大名所抱有的一种威吓之意。在殿中，崇尚烦琐的旧习古例，即便是全天下的侯伯贵族，都必须尊崇和尚的教导。齐广自然也不例外。他一方面同样有这一弱点，另一方面在面子上也不想给人一种吝啬的形象。而且，对齐广而言，纯金的烟管也绝非难得之物。因此，在这两个心理动机之下，哪怕只有一个成立，齐广也会毫不犹豫地将自己手上的烟管向河内山递出去。于是他说道：

"哦！给你。拿着吧！"

"感激不尽。"

领受纯金的烟管之后，宗俊双手恭敬地举过头顶，窸窸窣窣地又从西王母的金拉门处退了出去。他刚一退出来，突然感觉身后有人扯住了他的衣袖。回过头一看，原来是了哲那张有几处浅痘痕的脸，脸上堆满了笑，指着宗俊手上的纯金烟管两眼放光。

"这，看看！"

河内山小声地说着，将烟管的头向了哲的鼻尖上杵了过去。

"终于搞到手啦。"

"早就跟你们说过了。现在再来羡慕我也晚啦。"

"下次，我也要去问他拿一支。"

"哼。随你便吧。"

河内山把烟管收回来看了一眼，再透过拉门瞥了一眼齐广，耸着肩膀笑了起来。

四

那么，要说被人骗走金烟管的齐广这一边，是否会感到不快呢？其实倒也不尽然。这是因为，下城楼时，他脸上洋溢着平时少见的笑容，相伴而来的侍卫们虽然觉得不可思议，但也明白他此时心情颇佳。

齐广将烟管赐给宗俊，反倒让他感受到一种满足感。这种满足感，相比自己拿着烟管时的满足程度更甚。这自然是理所当然的。之所以这么说，是因为齐广对自己的烟管感到满意，正如前面所说，不是喜欢把玩烟管这东西本身，而是满足于将自己的百万石身价以金烟管的形式展示出来。因此，正如他的虚荣心通过把玩这支金烟管得到满足一样，毫不珍惜地将这支烟管转手送人，更加能让他得到进一步的满足感。即便在将烟管送给宗俊之时，由于一些外部因素，多少觉得有些被迫，但对齐广而言，满足感并未因此受到丝毫的折损。

因此，齐广回到本乡的宅邸①时，对近熟的侍卫说道：

"我的烟管让宗俊和尚拿走了。"

五

听闻此言，家臣中不乏对齐广如此宽宏大度表示惊讶不已的人。但是，御用部屋②的山崎勘左卫门、御纳户挂③的岩田内藏之助，以及御胜手方④的上木九郎右卫门等三人不禁皱起了眉头。

对加州一藩的财力而言，毋庸置疑，一支金烟管的费

---

① 本乡的宅邸：前田家的江户宅邸。本乡位于现今东京大学的位置。

② 御用部屋：江户时期在江户执政的老中、若年寄的居所。

③ 御纳户挂：掌管将军或大名的金银、衣物、调度出纳、贡品，以及赏赐的职务。

④ 御胜手方：江户时期在大名家中负责财务、会计事务的职务。

用根本算不得什么。

　　但是，如果每到了二十八日贺节朔望①登城楼之时，都被和尚们要去一支金烟管的话，那可就不是一笔小数目的开支了。或者说，为了填补烟管的亏空，就不得不增加运上②之类的赋税。若是这样，那就真的不得了了。——三名忠义的武士好像事先商量好了似的，对这种未然的事情充满了惊惧。

　　因此，他们迅速召开评议工作，商量善后的对策。商量出来的对策其实也就一条——那就是将烟管的材质完全换掉，只要和尚们不再对它眼馋就可以。至于材质换成什么，岩田和上木之间的意见却出现了分歧。

　　岩田认为，为了主公的脸面，不应该使用比银质还差的其他金属来制作烟管。而上木则认为，要预防和尚们的利欲心，最好就用纯铜打造。事到如今若还顾及什么体面，简直是对和尚们的姑息迁就。二人各执己见，都极力试图驳倒对方的意见。

　　于是，老成持重的山崎表示两人的意见都极有道理。但不如先制作一支纯银的烟管看看，若和尚们还抢着要的话，再用纯铜打造也不迟。就这样，二人自然无法对山崎

---

　　① 贺节朔望：节日及初一、十五。

　　② 运上：江户时代的杂税之一，是针对商、工、矿等征收的各种营业税。

的折中方案提出异议。最终评议的一致结果，就是命住吉屋七兵卫打造一支纯银的烟管。

六

从此，齐广每次登城都带着银质的烟管。这烟管仍然是雕着剑梅钵纹的、极尽精巧设计的烟管。

当然，他对新制的烟管不像之前那般得意。首先，他与人交谈时，几乎不似从前一样将烟管拿在手里，即使拿在手里，也会很快将它收起来。同样的长崎烟草，也没有从前用金烟管抽起来顺喉。但是，烟管材质的改变不仅仅影响到齐广一个人。正如三位忠臣预料之中的一样，这影响也波及和尚们。但从结果上来说，这影响却完全背离了他们的初衷。因为和尚们看到齐广将金烟管换成银烟管之后，原本顾忌着金质的烟管不敢前来索要的人，都争先恐后地前来索要银烟管。齐广原本对金烟管都丝毫不在乎，更何况是银质的烟管，所以只要有人索要就毫不犹豫地立马赠予。从此，他也搞不清楚自己到底是登城时顺便送出烟管，还是为了赠送烟管而登城。——至少他开始对此有所狐疑。

听闻此事，山崎、岩田、上木三位又皱着眉头开始评议。事到如今，除了采用上木建议的策略，打造纯铜的烟管之外别无他法。于是，如之前一般，三人正准备向住吉屋七兵卫下达命令，恰巧此时，齐广的近侍前来向三人传达旨意。

"主上吩咐道：拿着银质烟管时，和尚们反倒更加聒噪。今后，还是如同之前一般打造金质烟管。"

三人闻此，不禁哑然而不知所措。

七

河内山宗俊在一旁眼看着其他的和尚争先恐后地去找齐广要银质的烟管，不禁觉得一阵一阵地痛苦不已。特别是当看到了哲不知是在八朔登城之时①还是何时，从齐广那里得到了一支烟管而兴高采烈的样子、加上他天生的大嗓门儿，宗俊在心里不禁想对着他从头到脚骂一句"蠢货"。他自己并非不想要银质的烟管。但若是与其他和尚一起，追着同一支烟管亦步亦趋的话，也过于凸显给自己"镀金"的痕迹。宗俊被这种傲慢和欲望相互交织缠斗

---

① 八朔登城之时：阴历八月朔日（一日）的称谓。天正十八年的该日，德川家康初次进入江户城，并以此作为特别的节日。大小名以及直参的诸侯穿着白帷子登城，宣读祝词。

的想法所困扰着："走着瞧吧,我一定要让你们另眼相看的。"——在这种心理下,他一面装作若无其事的样子,一面又时时刻刻盯紧了齐广的烟管。

某一日,他发觉齐广手里拿着与之前一模一样的纯金烟管,悠然地抽起烟来,但所有的和尚没有一个人站出来索要烟管。就在此时,他叫住了正巧路过的了哲,悄悄地用下巴指了指齐广,轻声细语地说道:

"你看他是不是又换成了金烟管?"

了哲听闻此言,立马做出一副吃惊的表情,看着宗俊说道:

"差不多就得了。光是银烟管就被人抢要成那样,他哪里还敢把纯金烟管拿出来?"

"也可能是纯铜的吧。"

宗俊耸着肩膀。他兴许怕引起周围人的注意,特意没有笑出声音来。

"好!若真是纯铜的话,那就当它是纯铜的好了。反正我得去要过来!"

"为何你又说那是纯金的?"了哲有些怀疑地说道。

"你们的疑虑他早就已经知晓。看着是纯铜,实际上拿来的东西却是纯金的。无论如何,他堂堂一个百万石俸禄的大名,怎么可能默默地拿一支纯铜的烟管过来?"

宗俊匆匆说完之后，就独自朝齐广走去。了哲一时间被这一举动惊呆，一个人待在西王母的金拉门面前。

　　之后大约过了半个时辰。了哲又在榻榻米走廊下碰到了河内山。

　　"怎么样了，宗俊，那个事？"

　　"哪个事？"

　　了哲努着下嘴唇，直勾勾地盯着宗俊，说道：

　　"别装傻充愣。烟管那事！"

　　"哦！烟管啊。烟管送你了！"

　　只见河内山从怀里掏出一根闪着黄色光芒的烟管，朝着了哲的脸上抛了过去，快步走开了。

　　了哲一面揉着被烟管打到的地方，一面絮絮叨叨地把从脸上掉下来的烟管拿在了手里。一看，确实是剑梅钵纹饰的，凝聚匠心打造的——纯铜烟管！

　　他像是见了瘟神似的，赶忙将烟管再次扔到榻榻米上，抬起自己那穿着白布袜的脚，做出一副夸张的样子，狠狠地踩了上去……

八

　　自那以后，问齐广索要烟管的人猛地绝迹了。之所以如此，是因为宗俊和了哲两人一同证明了齐广手上拿的烟管是纯铜。

于是，曾经将纯铜的烟管伪造成纯金烟管，欺骗齐广一时的三位忠臣，在评议之后，再次命令住吉屋七兵卫打造一支纯金的烟管。新烟管和之前被河内山拿走的毫无二致，同样是剑梅钵纹饰的纯金烟管。——齐广拿着这支烟管，心中一面期待着和尚们前来索要，一面得意扬扬地登上城楼。

但是，却没有一个人前来索要烟管。甚至连之前曾前来索要过两次纯金烟管的河内山，也只是悄悄瞥了一眼，就弓着腰走开了。同席的大名们自然也没有人再说要借来一观，大家都一致地保持着沉默。对此，齐广不禁觉得十分诧异。

不单单觉得诧异，他甚至开始出现了些许不安。因此，当他看到河内山正向自己走过来时，这次主动上前搭了话。

"宗俊，要不要我这烟管啊？"

"不用啦，诚挚感谢！我之前不是已经从贵处受赐过了吗？"

或许，宗俊还以为齐广是在戏弄自己，因此在回话时虽然使用了恭敬的表达方式，话里却带着尖酸刻薄的语气，如此说道。

齐广听闻此言，不快似的阴沉着脸。长崎烟草的味道，此时也不再顺喉。突然之间，自己百万石的身价，仿佛从这支纯金烟管的烟头上冒出去的烟一般，轻而易举地消失得无影无踪。……

根据古老的传说，前田家自齐广以后，齐泰[1]、庆宁[2]，使用的都是纯铜的烟管。或许，这就是被纯金烟管惩罚过的齐广，给子孙后代留下的遗训吧。

大正五年（1916年）10月

---

[1] 齐泰（1811—1884）：齐广的嫡子。

[2] 庆宁（1830—1874）：齐泰的嫡子。

罗生门

MENSURA ZOILI[①]

※

我在船上的沙龙正中央，隔着一张桌子，与一个奇怪的男子面对面坐着。

等等！说是船上的沙龙，其实也不那么准确。只是无论从房间的布局，还是从窗外的海水看来，我做出这样一个推测，但也有可能是更加普通的所在也未可知。不，这里应该还是在船上的沙龙里吧。若不是在船上，不应该摇晃得这么厉害。我不是木下杢太郎[②]，因此并不了解这是以几厘米的比例在摇晃，但可以确定的是确实在摇晃。要是你认为我在说谎，只要看看窗外那上下起伏的海平面就可以知晓。天空阴沉着，大海翻着青绿色的波浪，犹豫不决地一直延伸到视线的尽头。海水与灰色的云汇聚成一线，从刚才开始就把圆形的窗户切割成各式各样的弦。在

---

① MENSURA ZOILI：卓伊利价值测定器，芥川造生的词语。MENSURA 为拉丁语，意为测量仪。

② 木下杢太郎：明治十八年—昭和二十年（1885—1945），东大医学部教授，诗人、剧作家。本名太田正雄。

海天一色之处飘飘然飞舞着的，大概是海鸥之类的吧。

回过头来再说说与我面对面的这个奇怪的男子。他鼻尖上挂着厚厚的近视眼镜，无聊似的在读着报纸。他胡须浓密，下巴四方，印象里好像在哪里见过，但却始终想不起来。头上的长发乱蓬蓬的，让人不禁感觉他是作家或者画家之类的。不过，他身上穿着一件茶褐色的西装，倒是多少与他显得有些不协调。

我手上端着一小杯甘甜的西洋酒，小口地抿着。与此同时，我偷偷地观察了这名男子许久。我此时也是颇为无聊，倒是想找个人倾诉一番。但是对面这个男人的面相看起来也甚是冷淡、倨傲。为此，我犹豫了好一阵子。

不一会儿，这位方下巴的先生猛地跺了跺脚，像是忍着哈欠似的说道："啊！好无聊！"说着，他从那近视眼镜下面瞥了我一眼，接着又继续读起报纸来。此时，我越发确信自己在哪里见过此人。

沙龙里面，除了我们两人之外并无他人。

又过了一阵，这个奇怪的男子又说道："啊！好无聊！"而这一次，他将手上的报纸直接扔到了桌子上，失神地看着我品酒。于是，我只好说道：

"怎么样？要不要跟我喝一杯？"

"不，谢谢了。"他这句话还没说完，就把头轻轻低了下去。

"谢谢。我实在感觉无聊啊。这样下去，可能还没到那边就得无聊死啊。"

对此，我表示同意。

"离踏上ZOILIA①的土地，起码还要花上一个多星期。我也是，在船上待够了。"

"卓伊利——吗？"

"正是。卓伊利共和国。"

"有卓伊利这么个国家吗？"

"这倒令人惊讶。居然还有人不知道卓伊利的，真是太意外了。我不知道您到底打算去哪里，但这艘船开往卓伊利的港口，是相当久远以前的惯例了。"

我有些迷惑了。仔细想想，当初我是因为什么来搭乘这条船的，现在我却完全不记得。甚至，连卓伊利这个名字，我从来都没有听说过。

"是吗？"

"正是如此。说到卓伊利，这个国家从很久以前就闻名于世了。或许您也知道的，对荷马提出猛烈抨击的正是这个国家的学者。直到今天，在卓伊利的首府，应该还树

---

① ZOILIA：卓伊利，虚构的国家。起源于希腊的批评家 Zoilus，后世把嫉妒心强的严厉批评家称为Zoile，卓伊利共和国则是以此为基础设定的。

立着漂亮的颂德表纪念这位学者。"

这位方下巴的男子其貌不扬，然而他的博学多才却让我深感吃惊。

"这么说，这个国家相当悠久了啊。"

"是的，很悠久了。根据神话传说，当时那里只是青蛙栖息的国家。而帕拉斯·雅典娜①后来将它们全部变成了人类。因此，也有人说卓伊利的人说话，听起来像青蛙叫。然而这完全不靠谱。在文字记录中最早出现的，应该是打败荷马的那位豪杰。"

"那现在那里也是具有发达文明的国家吗？"

"这还用说？特别是位于首府的卓伊利大学，会聚了全国最优秀的学者，从这一点来说，就不逊色于世界上的任何一所大学。就在最近，这所大学的教授们设计出的价值测定器这样的作品，被认为简直是现代的奇迹。尤其要说一句，这些都是我刚刚看完卓伊利出版的《卓伊利日报》后现学现卖的。"

"价值测定器究竟是个什么东西？"

"就是字面的意思：测定价值的器械。其最主要的用途，似乎是用来测定小说、绘画之类的价值。"

"测定什么样的价值？"

---

① 帕拉斯·雅典娜：Pallas Athene，司学问、智慧等的希腊女神。

"主要是艺术价值。当然，其他的价值也是可以测定的。据说在卓伊利，为了纪念祖先的名誉，故将其命名为MENSURA ZOILI。"

"那您，见过那玩意儿吗？"

"没有。我也只是在《卓伊利日报》上看到过它的插画。据见过的人描述，它和普通的计量器并无二致。那人说，只要将书、画布之类的东西放到测定器上即可。画框和装订之类据说对测定有些许影响，但这种误差可以在之后进行修正，完全不影响测定的结果。"

"那这么说起来，还真的是件便捷的产品啊。"

"那的确是非常便捷，简直可以称为所谓的文明之利器，"方下巴的男子从口袋里掏出一根朝日香烟，一面叼在嘴里，一面继续说着，"一旦做出这样的东西，那些挂羊头卖狗肉的作家、画家之流，全都得销声匿迹。不管怎么说，价值的大小就是以数字的形式清楚地显示在那里。不过，我觉得卓伊利的国民立即将它安装在海关这点，倒是最明智的处理方式。"

"那这又是为什么？"

"这是因为，只要把从国外进口的书籍、绘画等物品——放到测定器上，就可以禁止所有无价值的物品入境。在这之前，他们曾将日本、英国、澳大利亚、法国、俄国、意大利、西班牙、美国、瑞典、挪威等国准备入境的作品都放到测定器上，结果发现日本的作品成绩却不太令人满意。当然，若是我们以偏袒的眼光来看，日本还是有相当多优秀的作家和画家的。"

两人正说着，沙龙的门打开了，进来一名黑人服务生。他穿着蓝色的夏装，看起来相当利落的样子。服务生沉默着，将夹在腋下的一叠报纸摆在了桌子上，之后又迅速从门口出去，消失不见。

随后，方下巴男子将朝日香烟的烟灰磕了磕，拿起一张报纸来。报纸上的文字看起来像楔形文字，奇怪的字符排列着，这就是所谓的《卓伊利日报》了。没想到这男子能读懂这种不可思议的文字，从这一点来说，我又不禁再次对他的博学表示惊讶。

"还是老样子，全都是价值测定器的报道，"他看着手上的报纸，说道，"这里，把上个月在日本发表的小说的价值做成表格刊登出来了。连测定技师的纪要都附了上来。"

"有没有一个叫久米①的男作家？"

我有点在意这个朋友，于是出声询问道。

---

① 久米：久米正雄（1891—1952），小说家、剧作家。东大在学时，与芥川、菊池宽、松冈让等共同发刊第三次、第四次《新思潮》。

"久米吗？是不是写了部叫《银币》①的小说的？有的。"

"怎么样？它的价值如何？"

"不行啊。怎么说呢，这部作品的创作动机，据说只是人生中的一个无聊发现罢了。而且，上面还写着：过早地用一种扮成熟的、精通世故的色调，使整个作品呈现出一种低级的卑俗之感。"

我感觉自己有些不快。

"很可惜啊，"方下巴冷笑着说道，"您的《烟管》②也在里面。"

"报纸上怎么写的？"

"和上一个差不多。除了一些基本的常识之外，并无他物。"

"哼哼……"

"还写了这么一段。——该作者早早地开始了粗制滥造……"

"哟嗬，哟嗬！"

我此时已经越过不快的心情，甚至感觉有些无聊。

---

① 《银币》：大正五年（1916年）11月发表于《新潮》。是刊载于商业杂志的首部作品，但反响并不佳。

② 《烟管》：大正五年（1916年）11月发表于《新小说》。

"哎呀，不光是你们，无论哪个作家或画家，一旦自己的作品被摆到测定器上，往往都会觉得尴尬。总之，骗人的东西是行不通的。不管自己如何褒奖自己的作品，眼前作品的价值就显示在测定器上，不行的就是不行。即便是同行们互相吹捧，评价表的事实却没法更改。好啦。还是先尽力写出一些有实际价值的东西来吧。"

"但是，我想知道的是如何知道这个测定器的评价是准确的呢？"

"这倒简单。把真正的杰作摆上去不就明白了吗？莫泊桑的《女人的一生》什么的一摆上去，指针立马就会指到最高价值。"

"就这样？"

"就这样。"

我不禁陷入了沉默。这是因为，我感觉方下巴的脑子似乎没有什么逻辑。但是，此时又出现了别的疑问。

"那这么说，卓伊利的艺术家创作的作品，也一定在测定器上测过了吧？"

"这在卓伊利的法律里是禁止的。"

"这是为什么呢？"

"这是因为卓伊利的国民不同意，自然就不能测定了。卓伊利从很久以前就是共和国，所以在这个国家，人们就将Vox populi, vox Dei^①按照字面意思遵奉的吧。"

方下巴如此说着，怪异地微笑着。"尤其还有个流言，说什么他们的作品放到测定器上，指针就会指向最低价值。如果真的是这样，他们就进退维谷了：究竟是否定测定器的正确性呢，还是否定他们作品的价值？但无论做何选择，都不是一件值得庆祝的事情。——当然，这也同样是一个流言而已。"

就在正说着的时候，船突然开始剧烈摇晃起来。方下巴一瞬间从椅子上跌落下来。紧接着桌子也倒下来，砸在他的身上，酒瓶和酒杯也翻倒过来，报纸跌落下来。窗外的海平面也再也看不见了。一时间，盘子摔破的声响、椅子倒下的声响，还有波浪击打在船身上的撞击声，"撞船了、撞船了！"的喊叫声，连同海底火山喷发的爆炸声响成一片。

等回过神来时，我发现自己正坐在书房里的摇椅上，手里拿着St. John Ervine^②的剧本The Critics^③，原来我是午睡打了个盹儿。之所以觉得自己在船上，大概是因为椅子

---

① *Vox populi, vox Dei*：拉丁语，意为"民众的声音即是神的声音"。

② St. John Ervine：圣约翰·厄文（1883—1971），爱尔兰剧作家、小说家。

③ *The Critics*：《批评家》，收录于戏曲集*Four Irish Plays*（1914）。

在摇晃。

　　至于那个方下巴，我感觉有点像久米，又感觉不是久米。这一点，到现在我仍旧没有搞清楚。

大正五年（1916年）11月23日

运气

※

入口处的竹帘耷拉着，由于编得很稀，街上往来的情形，即便是待在屋内的作坊里，也可以看得一清二楚。通往清水寺的街道上，从刚才开始往来的人群就络绎不绝。挂着金鼓的大师从街道上走来，穿着壶装束①的女子向街道上走去。在街道的后方，罕见地还有被黄牛拖曳着的竹编车走过。路上的行人似乎要穿过这稀疏的蒲帘的网眼，从右向左走进来，但都毫无例外地从一旁鱼贯而过。唯一不变的，只有那被午后阳光炙烤得如同暖春般的、逼仄街道上的泥土的颜色。

一名年轻的低阶武士在作坊里不经意地眺望着人来人往的街道。此时，他像是突然想到了什么似的，跟店主陶器师搭话道：

"还跟以前一样，有这么多来拜观音的人啊！"

"正是！"

---

① 壶装束：日本平安时代的一种贵族女装，戴市女笠，着袿（穿在唐衣下的女性装束），是贵族女子外出或远行时穿的服装。

似乎因为自己的工作被人打断，陶器师回答时不禁带着些许疑惑之色。但这位眼睛小小、鼻孔朝上，长相总给人一种滑稽之感的老人，无论是相貌还是姿态，都丝毫不会给人一种有恶意的感觉。他穿着麻料的帷子，戴着一顶萎靡的揉乌帽子，看起来有点像鸟羽僧正①那评价颇高的绘卷中的人物。

"我也试试每天来参拜一下。这种出不了头的日子，何时才是个尽头啊！"

"您说笑了。"

"要是有什么能让我的运气变得好起来的方法的话，哪怕是我，也会一样虔诚地信仰。不管是每天参拜还是定期在寺内祈愿，都不算什么难事。总之，也不过是和神佛做一场买卖罢了。"

年轻武士以一种和他年纪相仿的轻佻口吻说道。他一面舔着下嘴唇，一面滴溜着眼珠在作坊内扫视着。——竹林种在屋子的后方，屋子是蒿草搭建的草房，自然低矮狭小得几乎要撞到鼻梁。但是与蒲帘外目不暇接、人潮涌动的街道相反，在屋内，无论是瓮还是瓶子，那赭褐色的素陶器的肌肤，都仿佛被和煦的春风所吹拂，百年不变地悄

---

① 鸟羽僧正：1053—1140，源隆国之子。升至大僧正，擅长大和绘，尤以戏画为人所知。《鸟兽戏画》《信贵山缘起》据传为其所作，但仍存疑。

　　　　　　　　　　　　　　　罗生门

然地安静下来。好像只有这一栋房子，连燕子也不肯来此筑巢……

眼看老翁没有回应，年轻武士又继续说道：

"老人家，到了你们这个年纪，应该有不少见闻的吧？怎么样，观音菩萨真的会给人带来好运气吗？"

"正是如此！曾经我也时不时听过不少这样的传闻。"

"都有什么事呢？"

"要说具体是什么事，也不是一两句话说得清楚的啊。不过，阁下即便听了这些故事，想必也不会觉得特别有趣。"

"真可惜了！我原本也是有些信仰虔诚的人。要是真的能带来好运气的话，明天我也——"

"到底是信仰虔诚，还是信仰'钱'程呢？"

老翁眼角堆满了笑意。手上捏着的陶土，终于变成陶壶的样子，顿时神情变得轻松起来。

"要我说，神佛的想法什么的，在您这样的年纪，恐怕还是不能理解的。"

"那恐怕是不理解的。不过正是如此，才要向您请教不是吗？"

"这……倒不是神佛会不会赐予我们运气，而是在于神佛赐予我们的运气是好还是坏的问题。"

"那么，当神佛赐予我们运气的时候，不是就知道了吗？好的运气，抑或坏的运气。"

"这恐怕就是阁下们完全没能理解的地方了。"

"于我而言，相较于运气是好是坏，我不能理解的是您说的这套理论。"

此时太阳已经开始西斜。从刚才开始，可以看到道路上的影子也稍稍被拉长，两个头上顶着木桶叫卖的女商贩拖着长长的影子，顺着蒲帘的缝隙从屋前走过。其中一人手上拿着一枝去旅馆买的特产樱花枝。

"现如今在西之市①，开麻纺店的女人们也是如此。"

"正因为如此，我一开始就想向老人家你请教不是吗？"

两个人短暂地沉默不语了一阵。年轻武士用指甲拔着下巴颏儿上的胡楂儿，一面失神地望着街道。地上如贝壳般泛着白光的，大概是刚刚樱花掉落下来的花瓣。

"还是不肯说吗，老人家？"

过了一阵，年轻武士像是快要睡着似的说道。

_____

① 西之市：朱雀大路的七条边。与东之市并列，有三十三种商品的专卖店，每月的后半，从正午到日暮开市。

"那么，就请允许我讲一个故事吧。当然，这都是老生常谈了。"

说了这几句话，陶艺师老翁开始缓缓讲起来，以一种只有在这个不知道世道深浅的年轻人面前才会有的悠扬口吻开始讲：

"大约在三四十年前吧，那个女人还是个小姑娘的时候，去向清水寺的观音菩萨许了一个愿望。那时候，那个女人刚刚才死了母亲，当时连度日的生计也没有着落，因此许什么愿望都是理所当然的。

"死去的母亲原本是白朱社①的巫女。当时也曾极度受到人们追捧，但自从被别人传言说她驱使狐狸之后，就几乎无人问津了。这巫女身材高大，脸上长着白色的痘疤，水灵灵的，倒是与年龄颇不相称。那样子怎么说呢，与其说像只狐狸，倒不如说长得像个男人……"

"我对老巫女不感兴趣。倒是她女儿那边如何了？"

"哎呀，这也是故事的铺垫。——老巫女死后，她小姑娘一个人如此瘦弱，要养活自己确实是无能为力。幸好她长得标致，加上脑子也灵活。去寺院里祈愿时，因为穿着破烂，她对周遭的一切还竟有些胆怯。"

---

① 白朱社：或为近江的白鬓神社。白鬓神社，是位于今滋贺县高岛市鹈川的神社。

"噫！竟然是如此一位好姑娘啊？"

"正是如此。不论是心眼儿，还是长相。倒不是我偏袒她，真的可以说是在哪里都不逊色于他人。"

"真的太可惜了。可惜是以前了。"

年轻武士轻轻扯了一下自己那洗得发白的蓝色水干服的袖口，这样感叹道。老翁笑了起来，笑声穿过鼻腔后，又继续缓缓讲了起来。身后的竹林里，时不时传来黄莺鸟的啼叫声。

"之后又过了'三七'日，在寺内祈愿期满的这天夜里，姑娘忽然做了一个梦。她梦到在同一个禅堂内参拜的人群中，有一名佝偻着身子的和尚。和尚似乎在喃喃地反复念诵着什么陀罗尼之类的真言。或许是她在意听着，不知不觉竟朦朦胧胧产生了些许睡意。即便快要睡着，但念诵的声音却始终萦绕在耳旁，不愿散去。在姑娘听来，完全像是一种屋檐下的蟋蟀在鸣叫似的感觉。这声音不知道何时竟然汇聚成人声：'从此处回去的路上，有个男人会过来跟你搭话。你要按照他说的去办！'据说她当时听到的是这么一句话。

"姑娘猛地醒过来，睁开眼睛，发现和尚仍在念诵着陀罗尼三昧。但姑娘无论如何仔细聆听，和尚嘴里具体念的是什么内容，却完全听不出来。就在此时，她突然抬头望向长明灯那昏暗的灯光，却看到对面出现了一张观音菩萨的面孔。那正是自己日常参拜、早已熟悉的菩萨的脸庞。就在看着菩萨庄严微妙的法相时，耳边似乎又响起那句不知是谁在念叨的话语：'你要按照他说的去办！'姑娘满心以为是自己向观音菩萨祝祷得到了回应。"

"后来呢？"

"后来夜深以后，姑娘独自出了寺门。慢慢悠悠沿着下山的坡道往五条街方向走去，果不其然，后来一男子过来从身后抱住了她的腰。这时间正好是一个温暖的早春夜晚，天色又恰巧昏暗，姑娘既看不清男子的长相，更不知道对方衣着何物，只是在试图挣脱对方时，不小心摸到了对方嘴上的胡子。哎呀呀，这不正是祈愿期满那晚得到的指示吗？

"不仅如此，姑娘询问对方的姓名，对方也不回答；询问要去往何处，对方也不回应，只是一味地要求姑娘听他的话。沿着下坡路一路向北再向北，抱着她，拖着她，拽着她往前走。姑娘一路上又是哭闹，又是叫唤，但当时路上没有一个行人，姑娘也无计可施。"

"哈哈哈，之后呢？"

"之后，被男人拖进了八坂寺的佛塔中，当晚就在佛塔中过夜。——哎，这些事情，本来不是我这种上了年纪的人该说的。"

老翁的眼角又堆起了笑意，笑了起来。街道上的影子也越来越长了。微风轻轻吹过，原本四散在地上的樱花，不知何时又被吹向这边。在屋檐下的雨水滴溅开的石缝里，散着点点白花。

"别说笑了！"年轻武士像是想起来什么似的，一根根拔着下巴颏儿上的胡子，这样说道。

"这就完了？"

"要是这就完了，我也没必要特意说给您听。"老翁摩挲着手里的壶，继续说道："天亮之后，这男子或许也是认为这是宿世的姻缘，于是就跟姑娘求婚。"

"原来如此。"

"要不是在梦中被菩萨告诫，相信任何人也不会同意。姑娘认为这是观音菩萨的意志，于是终于还是点头认可。再之后总算是喝了合卺酒①，男子从塔内抱出来十匹白绫和十匹丝绢，说是当下凑合着作为家用。——这副做派，我想阁下恐怕也会有一点儿为难吧。"

年轻武士只是嘿嘿地笑，并不答话。夜莺此时早已不再啼叫。

———————————

① 合卺酒：即交杯酒，新婚夫妇共饮合卺酒，是一种古老的婚俗。

罗生门

"不久，男子对姑娘说日暮时分会回来，说完就将姑娘一个人留在塔里，慌忙外出不知所终。男子走后，姑娘觉得孤独寂寞更是倍胜从前。纵使是聪明之人，一旦孤身一人，也会变得胆小起来吧。于是，她为了缓解自己低落的情绪，无意之间走进了塔的深处。怎料！不要说什么白绫、丝绢之物，珠宝玉器、金沙等黄金的物事，竟然不知道摆了几大皮箱。

"这情景让这刚强的女子也不禁大惊失色。万事皆有因缘。拥有此般财富的话，那应该毫无疑问，他若不是劫匪，就是小偷。——一念及此，原本女子心里只是觉得寂寞难耐，此时却突然感觉一阵恐惧袭来。两种情愫相互作用之下，她竟是一刻也不想在此逗留下去。总而言之，要是不幸落入检非违使厅的放免①之手，那也不知道会遭受什么样的待遇。

"于是，她就抱着逃跑的想法，急急忙忙想从门口退出去。突然从皮箱后面传出一个沙哑的声音将她叫住。女子本以为此处无人，没想到被这突如其来的声音吓到不知所措。定睛一看，一个不知是人还是海参般的生物，在一

---

① 检非违使厅的放免：检非违使，即对非法之事予以检察的官吏，有诉讼、裁判等权力。放免，检非违使厅的下级官吏，由刑满释放的犯人或被赦免徒刑、流刑的人担任，担负罪人的追捕和护送任务。

堆沙金的袋子中间，蜷成一团坐着。——原来是一位眼角红烂、满脸皱纹，弓着腰，个子矮小的60岁左右的尼姑。而且，她似乎对女子的疑惑不解有所察觉一般，一面盘着腿向前挪动，一面用难以捉摸的近似猫儿撒娇的声音，跟女子打着招呼。

　　"通过交谈，女子大概得知这位老婆婆原来是为该男子煮饭的厨娘。而对于男子所从事的行业，她却只字未提。女子虽然有心想从她口中问出些什么，可惜老尼姑有些耳背，一句话不但要说好几遍，连女子的问话也要重复好几次才能听得明白。反复几次，女子心焦如焚，差点儿要哭出来。如此一直到了中午，老尼姑还在说着什么清水寺的樱花已经盛开，五条街的桥已经建成之类的话。但幸好她上了年纪，不过一会儿，竟然开始打起盹儿来。女子的问话没有取得进展，于是掐着时间，趁着对方睡熟的间隙，偷偷地爬到了入口处，将门推开了一条缝隙，往外一看。外面竟然也没有人的迹象。

　　"若是她就此逃出生天也就罢了。但她突然想起今天早上得到的白绫和丝绢，于是又折返回去皮箱处，想去取回来。没想到一不小心被沙金的袋子绊了一跤，一下子摸到了老尼姑的膝盖。这下可不得了！老尼姑猛地惊醒睁开了眼睛，一时竟被吓得呆住了。突然醒过神来，一口咬住了女子的脚踝，接着用半带着哭腔的声音迅速地说起话来。断断续续的声音传到女子的耳朵里，大概是诸如若让女子逃走的话，不知道将会受到如何严重的惩罚之类的内容。但是女子也不知道自己留下来是否会危及生命，因此她也根本不想听对方解释。终于，两个女人开始纠缠在一起。

"她们互相殴打啊，踢啊，用装满金沙的袋子砸啊。那动静，简直要把房梁上的老鼠窝都震下来似的。老尼姑开始拼命起来，那力气也不可小觑。但可惜的是，她已经上了年纪，不多一会儿，女子就将白绫和丝绢夹在腋下，悄悄地屏息从塔的门口钻出来。这时候，老尼姑已经不会说话了。后来听说，尼姑的尸体上只有鼻子出了一些血，全身从头到脚被金沙埋着，仰卧在微暗的角落里死去。

"女子出了八坂寺，到了商铺多的地方，看起来终于有些良心发现了，还是找到了位于五条京极边一位熟人的家里。这位相熟之人也是度日艰难，女子只是将一匹丝绢赠予他，他就忙不迭地又是烧热水让她洗澡，又是为其煮粥等等，总之是极尽周到为她提供接待服务。于是，女子终于将自己悬着的心放了下来。"

"我也总算把心放到肚子里了。"

年轻武士将插在腰带上的扇子抽了出来，一面眺望着蒲帘外的夕阳，一面轻巧地扇着扇子。在夕阳下，方才有五六个穿着白色狩衣的杂役闹喧喧地说笑着从街上走过，人群的影子还长长地拖在街道上……

"那，故事差不多也该收尾了吧？"

"但是，"老翁夸张地摇了摇头，接着讲道，"女子待在熟人家里时，街道上的人流突然多了起来。他们这里看看，那里看看，似乎还夹杂着互相谩骂的声音。女子本就心怀鬼胎，于是内心不禁开始忐忑起来：若是那个盗贼前来报复，或者检非违使的捕快前来又将如何？如此一来，连粥也不能安心地喝下去了。"

"原来如此！"

"等她从门缝里偷偷往外窥探时，在一群看热闹的男男女女中，有五六个放免，还有一个看督长①正一脸森严地从街上走过。后面的官兵围着一名男子，男子被五花大绑起来，身上穿着的水干服已经破烂不堪，乌帽子也没戴在头上，被人拖曳着往前走。看起来是官兵将盗贼抓捕归案，现在正把他带回住处准备做个实录的样子。

"然而，这名盗贼似乎就是昨夜在五条的坡道上跟自己求爱的男子。女子见此不知为何突然扑簌簌开始落

———————————

① 看督长：检非违使的下属官员。司职追捕和牢狱工作。

泪——这自然是当事人后来跟我述说的。当然并不是说她爱上了这名男子或者其他什么缘故，只是看到对方被五花大绑的样子，突然想起自己的人生是那么凄惨，因而不由得大哭起来。嗯，她就是这么跟我说的。听她这么说，我也不禁对她的遭遇产生出一些切身的感受。"

"什么感受？"

"向观音菩萨许愿，也得多想想。"

"嗯，老人家。那女子自那以后，还能勉强度日吗？"

"岂止勉强度日啊！现在简直算是变得有钱有势了。她把得来的白绫和丝绢出售，并以此为本钱发了家。观音菩萨在这方面倒是真的没有糊弄她。"

"这么说来，遭遇那点儿破事也还好啊。"

屋外的日光不知何时已经变成了夕阳的黄色。在昏黄的余晖中，隐约可以听到屋后风吹竹林发出的声音。街道上的人流也许久不见了踪影。

"若是不想变成杀人犯，或者不想成为盗贼的老婆的话，这也是没办法的事。"

年轻的武士将扇子往腰带上一插，直起身站了起来。老翁也已经用提子里的水，把满是陶泥的手洗了个干净——二人都似乎在这日暮的春日里，从彼此的内心之中读出了某种遗憾之感。

"那女子，现在总归过得还算幸福。"

"您说笑了。"

"真是的。老人家，难道你不是这样想的吗？"

"我吗？在我看来，这种运气我是不敢领受的啊。"

"呵呵。是吗？若是我，肯定忙不迭想求得这种
运气。"

"那，请您信仰观音菩萨吧。"

"是啊，是啊。从明天开始，我也去寺内祈愿。"

大正五年（1916年）12月

　　　　　　　　　　　　　　罗生门

尾形了斋备忘录[1]

※

今次，于本村内，有切支丹宗之宗徒，俱行邪法、魅惑人心，特将私见所闻逐一上报公仪。承望尽早处置为宜！

容禀：今年三月初七日，本村百姓与作之遗孀名"筱"者，来我私宅，盖因其女"里"（时年九岁）罹患大病，恳求我替其诊脉。

上述筱氏，乃百姓惣兵卫之三女。十年前，嫁与村民与作为妻，生得一女，即为"里"。不久其夫亡故，而后未再婚配，以机织以及家庭副业糊口度日。然不知何故，自与作病死迄，专门皈依切支丹宗门，频繁出入邻村名曰罗德里格伴天连之间。于本村内，有人称其已成右伴天连之妾侍者等。左右批评之声不绝。依此缘故，自其父惣兵卫始，姐弟众人一同向其陈述种种意见，然而，筱氏言明

---

[1] 备忘录：这里是指审讯时所记录的参考人的供述书。尾形了斋不详，或为虚构的人物。该部作品的形式受到了森鸥外《兴津弥五右卫门的遗书》的影响。

泥乌须如来[1]难得，不愿认同一向佛宗。朝夕唯与其女里共同参拜一被称为"久留守"[2]的小礫柱形之守护本尊，亦怠慢参拜其夫与作之墓。而今更是与亲类缘者恩断义绝。由此，村方屡次商议是否将其驱逐出村[3]。

上述者曾几度求见于我，我告之不能为其私自诊脉，筱氏一度哭泣而归。翌日初八，筱氏再度前来私宅。申告道："将负一世之恩，恳请前去诊脉。"任她如何请求，我亦不愿听从。最后筱氏伏于私宅玄关处，哭泣道："我听闻医者之责，在于治愈人之病。然则，我女大病时，阁下闻而弃之不顾，我心中实难接受。"对其如此埋怨，我答道："贵言纵有千万道理，然则我不能为其诊脉，却并非全无道理。若问何故，盖因你平生之行状实在无趣。另外，我之前确有听闻，参拜村人之神佛时，你屡屡诽谤其为邪魔外道所附身之所行。然则，你既为正道纯洁之人，为何如今向我等为天魔所魅惑之人要求为你女治愈大病？你应该去祈求平日里所信仰之泥乌须如来。如要我为你女诊脉，以后务必坚决放弃切支丹宗门之皈依。若是你不

———————————

① 泥乌须如来：泥乌须即上帝，Deus。此处是为方便传教，运用佛教用语解说基督教教义。

② 久留守：即十字架。

③ 驱逐出村：江户时代有将人从其居住的村庄驱逐的刑法。

同意，虽说医者仁术，我也恐怕神佛降下惩罚，诊脉之事万不能应允。"筱氏闻此，知道多说无益，戚戚然归家而去。

再翌日初九，凌晨大雨，村内一时人行断绝，至卯时刚过，筱氏未撑伞，浑身濡湿至私宅，再三请求我前去诊脉。在其请求之际，我重申道："君子一言，快马一鞭。是要你女性命，还是要泥乌须如来，你要仔细分清楚：必然要舍弃其一。"听我此言，筱氏此次如陷入癫狂，在我面前叩头如捣蒜，又合十叩拜，说道："阁下所言千真万确。然则，依切支丹宗门之教义，一旦弃教，我的身心将生生世世堕入地狱。恳请念在我本性可怜，如此行径，万望高抬贵手。"其言辞絮絮，神情恳切，几度呜咽。我言道："虽说为邪宗门之门徒，但为人父母，爱子之心却无二致。我心中多少恻隐，然则焉有以私情废除公道之理？因此，任你如何请求，若是在弃教一事上不答应，诊脉则恕难从命。"听闻此言，筱氏做无可奈何状，抬眼视我良久，忽泪如雨下，俯身伏地，于我足下幽咽诉求，其声若蚊蝇。恰巧此时大雨如注，我一时听不真切，于是再三要求她重复。最终明了她别无选择，只能选择弃教。然则口头弃教并无明证，我于是要求其力行为证。筱氏听后无言，从怀中取出她的十字架，将其抛置于玄关的木地板上，静静地用脚践踏三次。那时节，她并无特别慌乱之神色，想必泪水亦早已流干。眺望脚下十字架时，她眼中似高热病人般，我与下人等，皆感不适。

然，我所申之条件皆得满足，即刻命下仆担药笼，冒雨与筱氏同道前去其家宅。其家宅中一间局促至极的房间内，里独自头向南横卧在床，尤其身体发热甚烈，我观时几已神志全无。里双手天真地在空中反复画着十字，频频从嘴里发出几声含糊的"哈利路亚"，每念一次，脸上都露出欣喜似的微笑。"哈利路亚"为切支丹宗门念佛时所诵佛号，乃赞颂其宗门佛之仪式。筱氏那时节则在其枕边啼哭。于是，我迅速为里诊脉，确认其所患之病确是伤寒无疑，且加之此时救治为时已晚，我诊断其今日内恐怕难以存命。思索无计，只能将实情告知筱氏。筱氏顿时又陷入癫狂，言道："我之所以弃教，全赖想救我女小命一念所致。然若使其殒命，弃教之事则无万一之功。请务必看在我背弃泥乌须如来之私心痛苦，无论如何救小女一命。"言毕，筱氏不仅对我，甚至对我下仆下跪，频频请求。然而此时已非人力可及，为不使其误解，我再三申明缘故，留下煎药三帖后，恰巧此时雨住，我欲即刻归去。而筱氏却扯住我的衣襟不让我离去，一副欲言又止的神色，嘴唇嚅动，最终却什么也没说出来。就在此时眼看着她面色突变，突然当场因痛苦而昏迷过去。如此一来，我大吃一惊，赶忙与下仆上前救治。终于悠然转醒时，筱氏欲直起身却毫无气力，颓然说道："终归是我私心太浅，如今小女一命，与泥乌须如来两者尽失。"说完潸然泪下，继而号啕大哭。我上前种种安慰，她却完全置若罔闻。我诊断其女里病况已无药可治，不得已再次带走下仆，匆匆归宅。

随后，该日未时过，我前去为名主——冢越弥左卫门之母诊脉。听弥左卫门言，筱氏之女已死，而筱氏因过于悲伤，遂至发狂。依其所言，里丧命之时，乃我为其诊脉后约一小时之间。已时上刻筱氏已神志错乱，怀中紧抱里之尸骸，高声念诵洋文经文。且此情状为弥左卫门所亲见。村方——嘉右卫门、藤吾、治兵卫等人均在当场，此事千真万确，毫无疑问。

再，翌日初十，清早有小雨，但至辰时下刻始，春雷乍起，后隐现稍晴之兆。此时，村乡士①梁濑金十郎遣人骑马来迎我，要我前去为其诊脉。我迅速上马前去，在

---

① 乡士：日本江户时代武士的一种，享受持姓佩刀的权力，通常有明确门第。当时，武士通常都居住在城下町，称为城下士。与之相对，位在乡间的武士称为乡士。乡士地位介于城下士与普通农民之间，由于各地情况不同，乡士这一称谓有时也会被误用。

出我私宅路过筱氏家宅时，见村中众人大量聚集于彼，其间夹杂着"伴天连""切支丹"等谩骂之声。我驱马亦无法前进，因此，我从马上窥伺筱氏宅内情形。筱氏家宅此时户门大开，中有红毛人①一名、日本人三名，各自穿着法衣式样的黑衣，众人皆在手中紧握十字架，甚至香炉模样之物，同声高唱"哈利路亚，哈利路亚"。不仅如此，红毛人脚边，筱氏蹲踞在地上，头发蓬乱，怀中抱着其女里，似乎已经昏迷过去。另外让我吃惊的是，里双手紧紧抱住筱氏脖颈，用天真的声音不停地呼唤其母亲的名字，又接着吟唱"哈利路亚"。隔得如此远，难以分辨清楚，但仍可见里脸上血色极好，时而见其将手从其母脖颈上挪开，似乎想去捕捉香炉模样之物里升腾起的烟雾。我从马上下来，向村人询问里起死回生的经过。村人则一脸惊惧，将原委一一告知：红毛乃伴天连罗德里格，今朝带领"伊留满"等人，从邻村前来筱氏家宅。在听取筱氏忏悔之后，一行众人为其加持宗门佛，有人焚异香熏屋、有人洒神水，筱氏错乱的神志逐渐平复，而里亦不久之后死而复生。自古以来，一旦殒命，之后复生之事原本也不鲜见。然则多为中酒毒、抑或触瘴气者。如里这般因伤寒死

---

① 红毛人：江户时代对荷兰人的蔑称。当时，日本人称葡萄牙人、西班牙人为"南蛮人"，称荷兰人为"红毛人"。后一般指西方人、欧美人。

罗生门

去又还魂之案例，迄今为止闻所未闻。此一事分明为切支丹宗门之邪法仪式所致。另，伴天连前来本村之时，春雷频震，由此可察上天亦憎恶于彼。

另，筱氏携其女里当日与伴天连罗德里格同道，移居至邻村。其家宅则由慈元寺住持日宽安排人烧毁。此事我听闻已由名主冢越弥左兵卫上报。故我粗粗将私见闻悉数呈报。但，万一有漏记之处，日后再以书面上报。姑且先私以备忘录禀告。以上。

申年三月二十六日
伊予国宇和郡村
医师：尾形了斋

大正五年（1916年）12月7日

日光小品

※

大谷川

过了下马岭，再稍往前走一些就到了可见到大谷川的地界了。在被落叶掩盖的石头上坐下来看看河流，河水一直流向下面的谷底，看起来仅五六尺宽。河道两边陡峭的青山被红叶、黄叶遮天蔽日般覆盖着，其间是几近湛蓝的河水，喷薄出白色的水泡，向远方流去。

于是，红叶和黄叶之间泻下来的阳光也散发出难以言表的温暖。抬眼望去，青山耸立在我的头顶之上，仿佛碧空画室里的天窗那么逼仄，不禁让人萌生出一种恰好从岩石间窥探深渊之感。

对岸的山一半被同样的红叶所包裹，再往上则是名副其实的冬日枯草之山，平缓的山肩上披上了红色的暮霭，使其如层叠的褐色天鹅绒一般的山体更显柔滑质感。加之如白色炭烧的烟雾低垂，攀爬在山腹之上，更让我陷入幽静的思考之中。

罗生门

从石头上起身再次回到山道之时，我不禁想起与谢芜村[①]的一首俳句来："谷水近前看，红叶色愈焦[②]。"

战场之原

来到沼泽畔，周围已经枯草遍地。

满是黄泥的河岸上，还残存着些许薄冰。枯干芦苇的根上聚集着泛灰的水泡，家鸭的尸体漂浮其中。沼泽水面暗淡污浊，倒映着的蓝天显得有些锈迹斑斑，几朵惨白的云朵静静地向前飘去。

对岸几株类似接骨木的小树，枯萎的黄叶朝水面无力地低垂下来。小树周围枯黄的苇草可怜地战栗着。在树草之间，高原的景色显得越发冷清起来。

蓬乱的芒草点缀在旷野之上，泛黄的落叶松散发着北国特有的气息，有气无力地耸立在四处。在草与树之间，放牧的马群在散漫地徘徊，让人不禁回想起往昔人类先祖逐水草而居的流浪生活。群山环绕着原野，被满是寂寥的灰色雾气所笼罩。夕阳薄薄地透过云雾，将几丝光辉浸染

[①] 与谢芜村：1716—1783，本姓谷口，画名谢长庚、春星等，日本著名俳谐诗人、画家。

[②] 原文为"谷水の つきてこがるる 紅葉かな"。

在群山顶上。

我独自伫立在这潮湿泥泞的沼泽岸边，怀抱着荒凉的心境，思考着屠格涅夫的森林之旅。随后，当我看见枯草之间盛开的龙胆，那青色的花如梦幻般地绽放着，让我切身感受到那句伤感的语录来："I have nothing to do with thee[①]."

巫女

年老的巫女独坐在神殿前竹帘后面，白色的上衣搭上绯红的步绔，在阴影之下显得格外刺眼。看到她如此凄凉的晚景，连我也不知不觉感到有些悲凉起来。

曾记得在某个初冬阵雨过后的傍晚，我在春日大社[②]的森林里与两位年轻的巫女邂逅。两位巫女看上去仿佛只有十二三岁的样子，同样是绯红的步绔搭着白色的上衣，只是稚嫩的脸庞上略施薄粉。微暗的杉树树荫之下，升腾起焚烧落叶时泛白的烟雾，林间一片难以言表的寂静，温润而潮湿的空气中似乎飘荡着树木精灵的窃窃私语。在这

---

① I have...：或为英译《猎人日记》中的句子，"我与你并无任何瓜葛"之意。

② 春日大社：奈良县奈良市奈良公园内的一座神社，旧称为春日神社。

静谧的森林小路上，与安静地行走在其间的年轻，不，应该是年幼的巫女擦身而过，试想她们的背影该会让我觉得多么弥足珍贵呢。还记得当时我面带着微笑三番五次地回望。但如今，寒气逼得人肌肤生凉之时，在这冷清的山坳之中、神社的背阴里，寂然地坐着一位年老的巫女，让人不禁生出一股哀伤之感。

我的内心，不由得被这一生祀奉神明、老年时却形单影只的巫女的孤寂情绪所沾染。

高原

在去里见瀑布归来的途中，我独自走到了横穿高原直到日光街道的小道上。

五藏野此时还没有百舌鸟，也没有鹎鸟。地里的玉米已经开始吐穗，淡紫色的豆花隐约躲藏在绿叶的背阴里。这里宛然已是冬日的景致，白桦矗立在香筒草之中，树上淡黄色的圆叶在风中摇曳。这情景，与其说是安静，倒不如说是让人不禁生起一种寂寥之感。这一日风和日丽。白桦林间深野州的群山带着紫色的光辉仿佛翘首以待，透过高原阴冷的空气，悄无声息地期待着某人的到来。

听闻曾有这样一个故事。在雪国的原野里，到了冬日的夜晚，常常发出奇怪的声响。这声音既如同从遥远国度里许许多多人口里吟唱出的幽咽般的哀歌，又好似森林深处有十几二十只的猫头鹰，在夜雾里时隐时现地发出不安的啼叫声。只是这声音从原野的一端乘风吹响到原野的另一端，让人不知这究竟是何物发出的声音。在这原野日暮时分，总让人不由得感到这样的声音若有似无地在耳边响起。

如此一面这样想着，眼里长达半里许的原野小道并不让人厌烦。我对眼前的原野一无所知，但极目眺望之余，却仍不解为何此景能引发我的感触。

工厂（以下为足尾①所见）

夹杂着硫化氢的黄色烟尘如雾霭般模糊不清，其中隐约可见职工们黑色的身影。有的敞开煤灰色的衬衣露出胸膛，有的用皱巴巴的手巾包住头脸，还有的赤身裸体、把早已被汗水浸湿的湿衣服斜搭在肩膀上，仿佛穿着一件袈裟。在反射炉里通红的火光旁边，是职工们忙碌的身影。机械装置运转的声响、职工们巨大的吆喝声，在微暗的工

---

① 足尾：栃木县上都贺郡足尾町的铜精炼所。

厂之中杂然混成一片，一次又一次给我的胸膛带来威压，强烈地冲击着胆怯的我。——一人赤裸着身体逐渐靠近炉旁，肌肤被汗水浸湿，在火光中仿佛露水一般闪着光挂在身上。他用细长的铁棒铿锵一声打开炉口。一条火龙发出噌噌声，笔直地从炉口蹿出来，连天空的红日仿佛都被火光所吞噬。火龙一流出来，就迅速掉落到炉前一个巨大的水桶似的容器里，发出咚咚的巨大声响。待到水桶逐渐被装满，火龙每流出一次，就纷纷扬扬洒落下火灰来。火灰也沾到了职工的湿衣服上。即使如此，职工们仍旧平静地唱着不知名的歌谣。

我曾欣赏过和田①的作品《炜熏》②。但是，我却难以对它生出所谓的时代阴影这种敏锐的感触来。再后来是欣赏浪漫主义的《不渔》，同样也没有产生出切实的黑暗之感。但如今，站在这工厂之中，看到这烟尘、这火焰，加上那样的声响传来，我不禁从心头升腾起一股难以抑制的劳动者真实生活的悲壮之感。看看他们古铜般的肌肉，听听他们雄壮的歌谣！想起他们，总让人感觉我们的生活是多么不可理喻，或者说，我们过的才有可能是真正空虚的生活。

---

① 和田：和田三造，明治至大正年间的代表性西洋画家。

② 《炜熏》：意为炼铁。

寺与墓

路边是一座寺庙。

丹朱的油漆早已剥落开来，面目全非。屋顶的瓦开始脱落，瓦上的拟宝珠①上，散发出孤寂的金光。屋檐上，几点乌鸦粪斑白可见，鳄嘴铃上绽线的红白色纽带已经褪色，茫然地长长垂下，不知为何让人看得心酸。寺内肃然寂静，看不出有人的踪影。寺庙右边是一片墓地。墓地坐落在满是岩石的山腹之中，灰色的乱石之间立着几根石塔，让人生出寂寞的感觉。杂草不再青绿，也几乎没有看到供奉的鲜花，只有灰色的石头和灰色的墓地，其间散落的线香的包装纸格外鲜红。即使如此，这里也只是一块埋骨之地。我感觉，这个满是石头的墓地是某种象征。直到如今，那荒凉的石山，以及飘着阴云的浊色天空依旧是那么历历在目。

温暖的心

从中禅寺出发往足尾的城镇方向走，还不到古河桥

---

① 拟宝珠：植物葱的花形状的宝珠装饰，又被称为"葱台"。

　　　　　　　　　　　　　　　　　　　　罗生门

的地方，沿着河流，有一排破屋。铺着石头的屋顶，竹墙底①已经外露的墙壁，倒塌的围墙与围墙之间横着的竹竿，竹竿上挂着的尿布和脏污的蓝色毛巾，全都晒在薄薄的日光之下。围墙上长着的大波斯菊在此地极为少见，它们开着或红或白的花。围墙下，一只单眼瞎的黑犬懒洋洋地在打着盹儿。其中一家的门口对着人来人往的大街。我的眼睛已经适应了外面刺眼的光线，乍看去屋内一片漆黑，什么也看不清楚。唯有一个驼背的老婆婆，穿着古旧的无袖外褂，坐在明晃晃的屋檐下。老婆婆所在的近前处即是大街，街上有三个披头散发，手脚上沾满薄薄尘土和泥垢的跣足男孩，在地上玩着泥土。看到我们经过，他们举起手来发出"哇啊"的叫喊声，然后就只是笑着。近旁的老婆婆好像被孩子们的叫声吓到了，转眼朝我们的方向无神地看过来。只是，老婆婆的盲眼里早已没有光彩。

我看到满身污渍的孩子和盲眼的老婆婆，突然想起彼得·克鲁泡特金说过的一句话："青年啊，用温暖的心睁眼看看现实吧。"②也不知为何我会想起这句话来。只是一想到晚年漂泊、沦为伦敦孤客而度过余生的克鲁泡特金

---

① 竹墙底：横铺在墙壁打底的竹子。

② 彼得·克鲁泡特金：Peter Alexeivitch Kropotkin（1842—1921），俄国无政府主义者。该句出自《向青年呼吁》。

在不断蒙受迫害和压迫之时，仍然教导他人要"拥有一颗温暖的心"时，这种心情不由得直逼我的心里。拥有这样一颗温暖的心是我们的责任。

我们必须坚决地将态度变得更人性化，以之来观察人生。这是我们必须努力的方向。即使描摹真实，这也已经足够。但是要打破"只有外在的世界"①，在其中捕捉真实，那必定要求我们拥有一颗温暖的心。那些囚于"只有外在的世界"里的人，要么是在这破屋里开心地玩耍的小孩那般，要么就是朝我们方向看过来的盲眼的老婆婆那样的人。

要打破"只有外在的世界"，坚决地拥有一颗温暖的心无疑是我们的责任。文坛所说的"排技巧"或"无结构"②，只是描写真实罢了。用冷眼描述所有，所谓公平无私能有多少价值呢？我在很久之前就对此充满了疑问。因此，我并不仅限于将作者的特质明显地向读者展示出来。

每当与年长的人交谈之时，我不禁屡屡为其所怀念的世故之感而沉醉。不仅是在文艺上，以所拥有的温暖的心去观察一切，最终应该是人格上的试炼。世故之人的态度

---

① "只有外在的世界"：指自然主义者田山花袋所主张的平面描写论。

② 所说的"排技巧"或"无结构"均为自然主义文学的主张。

罗生门

正应是如此。我羡慕世故之人的温柔。

　　我一边思考着这样的事情，一边来到了古河桥的岸边。然后大家一边说笑着，一边朝着足尾的城镇里走去。

　　我被杂志的编辑催着，因此来不及思考，只得将在旅馆的油灯下所写的日记抄录下来。

明治四十四年（1911年）前后

大川之水

※

　　我出生于大川端①附近的城镇。出了家门，是一条为乔木新叶所遮盖，布满黑色栅栏的小路。穿过小路，便到了可以看到那条宽阔的河流和百本杭②的河岸。从幼时开始到中学毕业，我几乎每天都会看到这条河流。看那水、船、桥、沙洲，还有那些生于水上、长于水上，终日忙碌的人的生活日常。还有曾经在盛夏的午后踏着被烈日炙烤过的砂石路去学习游泳，从河畔经过时闻到的那一股似有似无的河水的味道，时至今日回想起来，仍有一种亲切之感。

　　我为何如此地爱着那条河流呢？如果非要从中找到一

───────────────

　　① 大川端：大川是隅田川的别称，从吾妻桥到下游的右岸一带被称为大川端。芥川于明治二十五年（1892年）出生于中央区入船町的新原家，出生后约九个月大时被寄养到母亲的娘家芥川家，到十二岁时正式成为芥川家的养子，并毕业于东京府立第三中学。芥川在该处一直居住到明治四十三年（1910年，其年满18岁）为止。

　　② 百本杭：邻近墨田区横纲一带的旧俗称。

　　　　　　　　　　　　　　　　　　　　罗生门

个理由的话，那大约是我能感受到那浑浊的大川里，暖暖的河水所带来的无限的思念吧。可能连我自己也觉得很难说明白。可是，从前的我每当看到那条河，不知为何，总会感受到难以言喻的慰藉和孤寂感，眼泪也禁不住快要流下来。这是一种仿佛远离自己所居住的世界，而置身于思念和追忆的国度之中的情愫。正是因为能体会到这种慰藉和孤寂感，我才最爱这大川的河水。

银灰色的雾霭和绿油油的大川河水，以及如呼吸般不经意间便能听到的汽笛声，和运煤船深棕色的三角帆——唤起了所有无法阻断的哀伤的，便是这远眺河流时的景致。它让我幼小的心灵，如岸边所站立的杨柳叶般为之颤抖。

近三年间，我寓居在东京的山手郊外，在建于杂木林间的书斋里，每日平静地沉迷于读书而无暇他顾。可每个月我总不忘去眺望两三次大川的河水。那似动非动、似流非流的河水的色彩，能将书斋寂静的空气里不断带来的刺激与紧张，以及自己惶惶然到有些憋闷的、悸动的内心融化开来，宛如长途周游后终于再次踏上故乡土地之时，感受到的思念、自由、怀念之情。正因有这大川河水，我才能活在自己原本纯粹的感情之中。

我曾几度临近那蓝蓝的河水，看那刺槐被初夏柔和的风轻抚，飘然落下朵朵白色花瓣。我曾几度在迷雾聚集的十一月的夜里，听那鹆鸟在暗沉的河面掠过时，寒战似的啼叫声声。我自己的所见所闻，所有一切，皆是对大川的爱的更新。恰如诞生于夏天的河水里那黑蜻蜓的翅膀般的、敏感脆弱的少年之心，我每次都忍不住瞪大崭新而惊异的眼眸去观察这条河流。尤其是在夜幕下倚着船舷无声地流动，凝视着黑色的河流，当我感觉到夜色与水中漂浮"死亡"的呼吸时，那种身似浮萍无所系的孤寂感是那么强烈地袭来。

每当看到大川的河流之时，我都会忍不住想起威尼斯——伴随着修道院的钟声，以及天鹅的歌声，暮色行将降临的意大利水城。露台上即将绽放的蔷薇与百合花，在好似沉在水底的月光的映照下变得惨白；似黑色灵柩般的贡多拉船，如梦幻般地从一座小桥划向另一座小桥。邓南遮[①]对于威尼斯的风景倾注了洋溢的热情，他的心境如现在的我一般，对此景充满了仰慕之情。

沿岸每一个被大川的河水养育的城镇，于我而言，都是那么难以忘怀，让人深切怀念。若从吾妻桥向下走，

----

① 邓南遮：G.D'Annunzio（1863—1938），意大利作家，耽美派。

196   罗生门

驹形、并木、藏前、代地、柳桥，以及多田的药师前、埋堀、横纲的河岸——各处俱佳。从这些城镇穿过时，人们的耳朵里听到的是大川之水向着南方奔流而去时传来的回响。那令人怀念的声音，从日光照耀下的土仓的白墙与白墙之间、棂格门结构昏暗的房间和房间之间，以及吐出银褐色嫩芽的柳树与刺槐的林荫道之间传来。大川之水如同打磨过的玻璃板一般，泛着青色的波光，伴随着清冷的潮水味道，一如既往地奔流而去。啊！那水声如此令人怀念，如同喃喃细语，又如扭捏，更似咋舌，那如榨出的青草汁般绿油油的河水，不分昼夜地拍打着两岸的石垣。不论是班女①，还是在原业平②，在武藏野地区，过去是怎样虽无法知晓，但上至江户时期的净琉璃作者，近至河竹默阿弥，在他们所写的这些"时代剧"中，他们为最大限度地表现出杀人场面的氛围，与浅草寺的钟声搭配使用的，便是大川之水这凄冷的回响。无论是十六夜清心投身于河

① 班女：角色名，常见于谣曲《班女》《隅田川》、净琉璃《角田川》《双生隅田川》等戏目。

② 在原业平：角色名，"六歌仙"之首，也为三十六歌仙之一，所咏恋歌之多。作于平安时代的《伊势物语》是以在原业平所作歌稿为基础编成的，以在原业平为主人公。

之时①，还是源之丞与追鸟姿之非人女初见钟情之时②，抑或补锅匠松五郎③在蝙蝠横飞的夏日黄昏，挑着扁担从两国之桥跨过之时，大川之水都如今日这般，反复地拍打着船宿的栈桥、河岸的青芦，以及猪牙船④的船身，仿佛在那儿不停地，慵懒地喃喃细语。

尤其是在渡船之中时，这水声听起来格外让人涌起一股思念之情。如果我没有记错的话，从吾妻桥到新大桥之间原本有五个渡口。其中驹形、富士见、安宅等三个渡口，不知从何时开始已经被逐渐废弃。到如今，唯有从一之桥横渡到浜町，以及从御藏桥横渡到须贺町的两个渡口，还同往昔一般保留了下来。与我儿时相比，河流的走向变了，原本芦荻茂盛的处处沙洲也不知被水淹没在何处，早已不见了踪影。但唯有在这两个渡口，依旧是同样的浅底小船，站在船头上的依旧是老船夫，在这如河岸上柳叶般碧绿的河水之上，依旧是每日不知要横渡几趟。

---

① 十六夜清心投身于河之时：摘自河竹默阿弥所作《花街模样荭色缝》（1859）。

② 源之丞……初见钟情之时：摘自河竹默阿弥所作《船打入桥间白波》（1866），讲述武士爱上非人女的故事。

③ 补锅匠松五郎：摘自河竹默阿弥所作《船打入桥间白波》（1866）。

④ 猪牙船：细长的小舟。亦多作隅田川的游船使用。

有时，我也百无聊赖地去乘坐这渡船，随着河水的流淌，感受着如同身在摇篮内被轻轻摇晃般的舒畅。特别地，越是到天晚的时刻，越能切身感受到渡船的寂寥与欣慰之情。——低矮的船舷外面便是碧绿且平滑的河水，如同青铜般散发着柔弱的光泽。宽阔的河面，可极目远眺而一览无余，直到被远处的新大桥所遮挡。沿河两岸的人家，早已笼罩在黄昏的苍茫之中。灰色的暮霭之中处处浮现起的，唯有映照在纸拉门上的昏黄灯光。伴随着涨潮而来的，是一两艘日式驳船，挂着半张开的灰色风帆，稀稀拉拉地沿河逆流而上。每只驳船上都静悄悄的，甚至让人怀疑是否有人在掌舵。面对着这安静的船帆，感受着碧绿且平缓流淌的潮水所带来的气息，我总是不由自主地生出一股难以言表的寂寥感，如同吟诵霍夫曼斯塔尔的诗歌"Erlebnis"[①]。与此同时，我亦不禁发觉自己的内心又泛起一种情绪的涟漪。它似乎在喁喁私语，与暮霭下流淌的大川之水一道，共同奏响了一曲寂寞的旋律。

然而，令我神往的可不仅只有这大川之水的回响。于我而言，这大川之水的光泽所拥有的平滑和温暖，是我在

[①] 霍夫曼斯塔尔：Hofmannsthal（1874—1929），奥地利作家，新浪漫派。"*Erlebnis*"即《见闻》，为其18岁时的作品，是在夕阳下大自然中思考生与死的象征性的诗歌。

任何其他地方都难以发现的。

　　若是海水，那如同碧玉般凝结而成的绿色，则过于厚重。而位于上游完全不受潮汐涨落影响的河水，如同绿宝石般的翠绿色，则又过于轻薄、过于肤浅。唯有流经平原、淡水与潮水交汇的大川之水，清冷的绿色中夹杂着浑浊且温暖的黄色，无处不显示出人性化的亲切感与人情味，在这一点上来说，格外让人感觉到它栩栩如生，令人倍感怀念。特别的是，大川流经赭褐色黏土较多的关东平原，又静静地从东京这个大城市流淌而过。正因如此，大川之水虽如同一位满脸褶皱、执拗的犹太老头儿嘟囔着发牢骚般地奔腾不息，这河水的颜色却给人一种从容不迫、印象极佳的感觉，惹人亲近。而且，即便同样是从城市之中穿行而过，或许是因为它另与大海这种极为神秘的事物不断地保持着直接沟通，并不会像连接河流与河流的沟渠里的水那般黯淡、那般死气沉沉。虽难以言表，但它总会给我充满活力、奔流向前的感觉。而且，大川之水向前奔流而去的前方，是让我感觉到不可思议、贯串于无始无终的"永恒"。吾妻桥、厩桥至两国桥之间，河水如香油般碧绿，将桥墩的花岗石和红砖浸泡在其中，这份喜悦自不必言说。靠近岸边，水面上映照着船宿的白色灯笼，映照着银色叶背随风翻飞的柳枝。晌午时分，河水虽然为水门所阻碍，却因三味线的弦声温暖起来。大川之水一面轻叹红芙蓉的花朵，一面却被胆怯的家鸭扑腾着的羽翅所搅乱，泛着波光，从无人的厨房下静静地流淌而过。这庄重的水色中，潜藏着不可言说的温情。譬如，从两国桥、新大桥到永代桥，随着入海口的临近，大川之水明显地开始混杂着暖潮的深蓝色，在布满了噪声和烟尘的空气之中，河水如同白铁皮一般，将泛着惨白色的日光反射出耀眼的光芒。堆满了煤炭的运煤船和白色油漆已经剥落的旧式蒸汽船，亦被河水慵懒地摇晃起来。然而，自然的呼吸与人的呼吸此时已协调起来。不知不觉间，河水中融合进都市水色的温暖，并不会轻易地消失。

尤其是日暮时分，笼罩在河面上的水蒸气与逐渐变暗的天空上那黄昏时的微光，让大川之水蒙上了一层几乎难以名状的、微妙的色调。我独自一人，将手肘枕在渡船的船舷之上。此时已是夜幕低垂，河面上泛起蒙蒙雾霭。我茫然四顾，在那暗绿色河水的远方，是一间间昏暗的民房，一轮红色的圆月，正从那些房顶逐渐升到天上。见此情景，我不禁泪流满面，恐怕我一生也不会将这一幕遗忘。

"所有的城市，都带有这个城市固有的味道。佛罗伦萨的味道，是白色的鸢尾花、尘埃、雾霭，与古代绘画上清漆的味道。"①若是有人来问我东京的味道是怎样的，我会毫不犹豫地回答他，那就是大川之水的味道。当然，不仅仅是大川之水的味道，大川之水的色泽、大川之水的回响，都是我所钟爱的东京的色彩和声音。正是因为有了大川之水，我才热爱东京；正是有了东京，我才热爱生活。

（1912年1月）

后来，我听说一桥的渡口也终于停航了。想来御藏桥的渡口的废弃，恐怕为期不远了吧。

---

① 梅勒什可夫斯基（Dmitry Merezhkovsky）之语。

　　　　　　　　　　　　　　　　　　　　　　　　罗生门

葬礼记①

※

在主楼分开的另一个房间打了一个电话，我发现自己礼服大衣的袖口已经有些皱皱巴巴的了。来到玄关处一看，竟一个人都没有。我向客厅里瞄了一眼，夫人②正在和一个穿着黑色家纹和服的人说着话。在客厅和书房之间，立着一张白色的屏风，与刚才立在灵柩后面的屏风一模一样。我正好奇是怎么回事，于是向书房的方向走去，这时候看见书房门口的地方，和辻③和其他两三个人正挤在一起。书房内自然也是挤满了人。这时间正好是大伙儿一起来瞻仰老师的遗容，做最后的告别的时候。

我跟在冈田④的身后，等着轮到自己上前吊唁。此时

---

① 葬礼记：夏目漱石的葬礼记录。夏目漱石于1916年12月9日因胃溃疡去世。12日上午10时，在青山斋场举行葬礼，并于落合火葬场火化。芥川龙之介自1915年以来对夏目漱石以师礼相待，并承蒙其爱惜眷顾。

② 夫人：夏目漱石的夫人镜子（1877—1965）。

③ 和辻：和辻哲郎（1889—1960），伦理学者。

④ 冈田：林原耕三（旧姓冈田）。与芥川是东大的同年级学友，较早师从夏目漱石，并将其介绍给夏目漱石。

窗外已经大亮，玻璃窗外，可以看到裹着防霜蒿草的芭蕉，在靠近屋檐的地方整齐地肃立着。还记得以前在这间书房里通宵达旦时，也总是这几株芭蕉最早从微暗的晨曦中浮现出来。——我正在失神地想着从前的事情时，书房里的人逐渐减少，我也顺势进到了书房内。

我有些记不清楚当时书房里究竟开的是电灯还是点着蜡烛，单单知道当时屋内似乎不仅仅有自然光。奇怪的是，我却是带着肃穆的心情走了进去。随后，我先向冈田略施一礼，之后再缓步走向灵柩。

在灵柩的一侧，松根①默默地站在那里。随后，他将手伸出来摊平，再朝自己的方向做出一个在臼里磨东西的动作。大概是在示意我们先鞠躬，依次绕到灵柩的后方再出去。

灵柩是一口卧棺，摆在一座约仅有三尺高的台子上。站在灵柩的一侧，就可以在极近的地方看清卧棺里面的情形。卧棺内铺满了被裁剪得极细的纸条，上面写着"南无阿弥陀佛"，像雪花一样撒得到处都是。老师的脸，大约有一半被这些纸片埋在下面。老师紧闭着双眼，看起来仿佛是用蜡雕成的面具一般，脸的轮廓与生前没有丝毫变化，但总让人觉得哪里不对劲。除了唇色发黑、面色变得

---

① 松根：松根东洋城（1878—1966），本名丰次郎，作《不如归》的俳句诗人。

罗生门

不同之外，总感觉哪个地方与生前不一样。我在老师的遗容之前，几乎是无动于衷地鞠了一躬，内心的想法越发强烈："躺在这里的不是我的老师！"（这从一开始我就如此感觉，而到了此时，我可以毫不夸张地说，我不由自主地认为老师似乎还活着。）我在老师的灵柩前站了一两分钟之久。随后，按照松根的指示，后面的人走上前来，而我则走出了书房。

但是，一走出书房的门口，我突然想再回去看一看老师的面容。当时的心情仿佛是忘记了自己曾经多次来拜访过老师一般，又仿佛是做了一件无可挽回的蠢事而又无能为力的那种心境。总之，我非常想回过头再去看一眼。但不知为何又觉得有些难为情。甚至产生出一丝自己对老师的感情有些夸张的感觉来，于是只好劝慰自己说："已经没有办法了。"——这样想着，终于放下了刚刚想回头的冲动。然而，我却变得更加悲伤起来。

来到外面，松根对我说："你经常来的吧？"我"嗯"了一声，感觉自己好像说了谎似的，顿时觉得有些不快。

去到青山殡仪馆时，雾霭已经完全散尽，天空放晴。樱花树上的枝条上没有树叶，直挺挺地指向初生的朝阳。从下往上看去，樱花的枝条仿佛是钢丝一般，将天空密密地缝起来。我们在樱花树下新铺的苇席上走着，大家都向后仰着头，说道："感觉自己好像终于醒了过来。"

殡仪馆是一座仿佛将小学的教室和寺庙的正殿合二为一的建筑，浑圆的柱子和两面的玻璃窗看起来相当破旧。正面有一处高企的地方，上面安放着三张涂上了朱漆的曲禄①，这与那下面低矮处并排摆放的廉价椅子形成了有趣的对照。

"要是把书房里的椅子换成曲禄，那就太有趣了。"我对久米这样说道。久米一面抚摸着曲禄的椅子腿，一面模棱两可地应了一声不知道是"嗯嗯"还是什么的话。

离开殡仪馆回到入口的休息处时，森田②、铃木③、安倍④等人早已经围在熊熊燃烧的炉子边，有的在看报纸，有的则在聊着闲天。报纸上刊登的关于老师的逸闻，行内外人士的追忆等都时不时成为讨论的话题。我则一面抽着从和辻那里要来的"朝日"香烟，一面将脚伸到炉子的边沿儿上，像望着远方似的，出神地看着被露水浸湿的鞋子上冒出热气。不知为何，我总感觉大伙儿的心里仿佛都开了一个洞似的。

---

① 曲禄：做法事时僧人所用的椅子。

② 森田：森田草平（1881—1949），小说家。

③ 铃木：铃木三重吉（1882—1936），小说家，创办了《赤色鸟》。

④ 安倍：安倍能成（1883—1966），康德研究学者，日本教育家、哲学家。

就在这样想着，很快就要到葬礼开始的时间。"差不多就一起去前台那边吧。"赤木①是个急性子，他将手上的报纸一扔，配合着他那独特的语调说着"去"。于是，一行人开始络绎不绝地出了休息处，分别向着入口两侧的前台走去。松浦②、江口③、冈④则朝着我这边的前台走过来，对面则是和辻、赤木、久米等人。除此之外，还有朝日新闻社⑤的人过来，一个个地在两边帮手。

不久，灵柩车到了。接着，普通的送殡者也开始零零星星前来。我抬眼看向休息处，那边已经人影攒动，明显多了许多人，还有小宫⑥和野上⑦的身影混迹在人群之中。还有一人穿着长礼服，外面套着一件中等尺寸白木棉，穿得像个药商似的，那就是宫崎虎之助⑧。

---

① 赤木：赤木桁平（1891—1949），评论家。

② 松浦：松浦嘉一（1891—1967），英文学者。

③ 江口：江口涣（1887—1975），作家。

④ 冈：冈荣一郎（1890—1966），作家。

⑤ 朝日新闻社：夏目漱石自1907年入职朝日新闻社。此时在朝日新闻上连载《明暗》。

⑥ 小宫：小宫丰隆（1884—1965），评论家、德文学者。

⑦ 野上：野上丰一郎（1883—1950），英文学者。

⑧ 宫崎虎之助：宗教家，1903年前后自称达到宗教性的自我觉知，他宣称第一预言者为佛陀，第二预言者为基督，而自己则是第三预言者，并于小石川白山神社附近成立自由教团，每日从事说教工作。1912年，他宣称"我是米沙"，肩上斜挂着束衣袖的带子四处行走，引起世人的关注。

刚开始时，因为时间是提前定好的，再加上前些日子的报纸上刊载了一个错误的葬礼时间，我原以为送殡者应该很少，没想到实际上来的人却出乎意料地多。稍一磨蹭，连将送殡者的住址记到账簿上都来不及，我也在忙不迭地接收来自各色人等的名片。

突然，我听到不知道谁说了一句"死乃严肃之事"，我不禁吃了一惊。在这个场合下，我们之中断不会有人说出如此做作的话来的。所以，我朝休息处那边望了过去。果然宫崎虎之助站在椅子上，正做着传道演讲。我登时感觉到有些不快。但宫崎虎之助本就是这样一个人，所以我也并不是那么生气。接待人员也试图制止过他，但终于还是没能阻止下来，他右手做出一个昂扬的手势，同时，嘴里叫嚣着"死乃严肃之事"之类的话语。

当时，他过不久也就偃旗息鼓了。送殡者在接待人员的引导下纷纷走进殡仪馆。差不多到了葬礼开始的时刻，前台接待处已经没什么人来。于是我开始收拾账簿、奠仪，而对面前台的一群人也一起三三两两走了出来。随后，站在最前面的赤木不知对什么频频地展示出愤慨的模样。一问才知道，原来不知是谁说前台接待处必须一直要有人留守，直到葬礼结束。赤木表现得极度愤慨，于是我也迅速被他的情绪所感染，变得同样愤慨起来。大家索性一齐把前台收拾干净，全都进到殡仪馆里面来了。

原本摆在殡仪馆正面高处的曲禄，不知何时被人搬走，只剩一张。在这张凳子对面坐着的是宗演禅师[1]。老法师两侧是手上拿着各式乐器的和尚，各一列径直排在里面。在最深处，应该摆放着灵柩。一条招魂幡上写着：夏目金之助之柩。远远看去也只能看到幡旗的下半部。在微暗的光线和线香的烟雾之中，竟看不清除此之外还有其他什么，只有花圈上的菊花堆在其中，还有一些白色的东西层层叠叠堆在一起。——此时，葬礼上已经开始诵经。

我原以为自己即便身处葬礼上也不会感到悲伤。这种心理，大抵是由于太过于形式化，而让所有事情都显得格外夸张。——这样想着，于是，我开始聆听起宗演老师的秉烛法语。因此，当听到松浦抽泣的声音时，刚开始我甚至怀疑是谁在发出笑声。

但随着葬礼仪式的推进，当看到小宫和伸六[2]一起拿着悼词站在灵柩前时，我还是突然感觉自己眼眶里一热。站在我左边的是后藤末雄[3]。而在我右边坐着的，则是高

---

[1] 宗演禅师：释宗演（1859—1919），明治时期有名的禅僧，圆觉寺的管长，夏目漱石曾在其门下参禅。

[2] 伸六：夏目伸六（1908—197），夏目漱石的次子。

[3] 后藤末雄：1886—1967，小说家，法文学者。

等学校的村田老师①。不知为何，我突然觉得哭出来有些不体面，但是，眼泪还是不停地开始往下掉落。我早就知道站在我后面的是久米。如果我看向他，或许他能给我一些帮助。——在这种暧昧的、请求援救的心理下，我往后回过头去。我看到久米的眼睛，而此时他的眼中早已噙满了泪水。看到他的眼泪时，我也终于忍不住，开始大哭起来。站在一旁的后藤，则露出一副诧异的表情，一直盯着我看。他那副表情直到现在我都记忆犹新。

之后发生了什么，我已经全然不记得了。直到久米抓着我的手肘，说道："喂，去那边了。"我才回过神来。随后我擦干眼泪、睁开眼睛，发现身前竟是一堆垃圾。似乎这里是殡仪馆和某户人家之间的地方。垃圾堆里，还有三四个鸡蛋壳被扔在地上。

过了一会儿，我再次和久米回到殡仪馆。此时，送殡者大都已经离开，宽大的建筑物内显得空荡荡的。空气中弥漫着尘土的气息，混杂着线香燃烧后的味道有些呛人。我们跟在安倍后面，给老师上了香。于是，我的眼泪又流出来了。

来到外面，太阳似乎也在生着闷气似的，照在地上一

① 村田老师：一高教授。

片冰霜消融的泥土上。此时太阳已经快升到天空中央，进到休息处时，不知道谁对我说，快吃个荞麦馒头吧。我肚子确实有些饿了，于是赶紧拿了一个塞进嘴里。这时候松浦先生来了。我想，大约是来和我商量给老师捡拾遗骨的事情吧。而此时我正就着天汤①吃荞麦馒头，实难下咽之际，回答先生的说话无疑颇为失礼。先生做出一副难以托付重任的表情，悻悻而归。这事事到如今想起来，我还多少感觉有些惶恐不安。

眼泪风干以后，不知为何只感觉一身疲惫，完全拿不出一丁点儿劲儿来。于是，我将送殡者的名片捆作一叠，又把唁电、住址名单等收好，之后再走到葬礼会场外的街道上，目送着灵柩车开往火葬场。

再之后，只感觉脑子一片恍惚，除了困意袭来之外，我什么也想不起来了。

大正五年（1916年）12月

---

① 天汤：在寺庙等供于佛前或提供给人的热水，此处指奠祭于灵前的热水，又称奠汤。

芥川龙之介年谱

※

1892年（明治二十五年）

3月1日，芥川龙之介出生于东京市京桥区（现中央区）入船町八丁目一番地，为新原敏三（山口县人，经营乳业）长子。

龙之介上面有两位姐姐：长姐名初，早天；二姐名久，初婚嫁与葛卷义定，生一男一女，其夫死后再嫁西川丰，西川丰死后再次回到葛卷家。龙之介出生七月后，由于其生母福精神失常，终身未治愈，龙之介被接到其母舅家——位于本所区（现墨田区）小泉町一五番地的芥川家中。其养父芥川道章是其生母的同胞兄长，就职于东京府，担任土木科长。其养母名侪。

芥川家是在老城区拥有大面积土地的乡绅，世代担任德川家的茶室坊主①一职，行事作风吹毛求疵，另一面精通人情世故、颇有文人趣味。芥川道章时常召集家人一起

---

① 坊主：室町、江户幕府的官职名，着法服、剃发，担任茶道、侍者等城内杂务。

参与茶道、插花等文艺活动，常作南宗画、俳句，喜欢把玩盆栽等。

1893年（明治二十六年）　1岁

生父新原敏三搬离入船町，移居至芝区（现港区）新钱座町一六番地。

1897年（明治三十年）　5岁

到回向院邻近的江东小学校附属幼儿园上学。

1898年（明治三十一年）　6岁

4月，进入本所元町的江东小学校学习。芥川龙之介性格腼腆且精神敏感、体质孱弱，但学业成绩优秀。据传在小学时期曾作俳句"落葉焚いて野守の神を見し夜かな"（夜将落叶焚，但见野守神），足见其早熟的文学才能。

1902年（明治三十五年）　10岁

4月左右与同级生野口真造等人创办杂志《日之世界》，由龙之介亲自编辑，封面和插画都由其亲自绘制。龙之介自小喜好读书，曾阅读德富芦花的《自然与人生》、泉镜花的《银杏妖》等，尤其喜欢以马琴的《八犬传》为代表的式亭三马、十返舍一九、近松秋江等江户文学，同时也喜爱阅读《西游记》《水浒传》。

11月28日龙之介生母福离世。

1904年（明治三十七年）　12岁

明治三十二年，龙之介同父异母的弟弟得二出生，其母是龙之助生母的妹妹冬。该年7月，通过裁判判决，以冬入籍新原家为条件，龙之介正式成为芥川家的养子。

1905年（明治三十八年）　13岁

从江东小学校毕业，进入本所柳原的东京府立第三中学校学习。中学时代芥川龙之介学业成绩优秀，特别是汉文水平超群，阅读欲望也越发旺盛，广泛阅读尾崎红叶、幸田露伴、樋口一叶、高山樗牛、德富芦花、夏目漱石、森鸥外等人的小说。外国作家方面，主要对易卜生、阿纳托尔·法朗士感兴趣。龙之介喜爱的学科为历史，当时似乎也曾想成为历史学家。中学时代的作品有《义仲论》，刊载于校友会杂志第15号（明治四十三年二月）。

1910年（明治四十三年）　18岁

3月，从府立第三中学校毕业。由于成绩优秀，9月免试进入第一高等学校一部乙（文科）学习。该年秋，芥川一家移居到其生父敏三名下位于府下内藤新宿町二丁目七一番地的房子借住。

1911年（明治四十四年）　19岁

住进本乡的一高宿舍，开始为期一年的宿舍生活。由于龙之介有洁癖，这段生活经历对他而言十分难熬。当时的龙之介是名有才气且认真的学生，读书欲、求知欲依然十分旺盛，在班上也是超然物外的状态。

1913年（大正二年）　21岁

7月从第一高等学校毕业。毕业成绩在文科27人中排名第二，9月进入东京帝国大学英文科学习。高中时最亲密的好友恒藤恭去京都大学法科就读，之后与久米正雄、菊池宽等人开始密切交往。

1914年（大正三年）　22岁

2月，与丰岛与志雄、山宫允、久米正雄、菊池宽、松冈让、成濑正一、山本有三、土屋文明等人一起第三次发刊《新思潮》，以柳川隆之助的笔名发表了阿纳托尔·法朗士及叶芝的翻译作品。5月在《新思潮》上发表处女作《老年》，9月发表戏曲《青年与死亡》。10月，《新思潮》第三次停刊。10月末，芥川一家移居至府下丰岛郡泷野川町字田端四五三番地。

1915年（大正四年） 23岁

2月，龙之介与吉田弥生的初恋破灭，据闻曾产生厌世情绪。5月在《帝国文学》发表《火男面具》，11月发表《罗生门》，但当时仍旧是籍籍无名的青年。12月，经由夏目漱石门下学生同时又是芥川同级好友的林原耕三的介绍，出席位于早稻田南町漱石山房的"木曜会"，之后拜入夏目漱石门下。

1916年（大正五年） 24岁

1月，在《读卖新闻》发表《就松浦氏的〈文学的本质〉》一文。2月，与久米正雄、松冈让、成濑正一、菊池宽等一起第四次发刊《新思潮》，在创刊号上发表《鼻子》，并受到夏目漱石的赞赏。由于同为漱石门下学生的铃木三重吉的推荐，得到了为《新小说》执笔的机会，这也成为芥川龙之介踏上文坛的第一步。7月从东京帝大英文科毕业，毕业论文为《威廉·莫里斯研究》，毕业成绩在20人中排名第二。9月在《新小说》发表《芋粥》，该小说获得好评；10月在《中央公论》发表的《手帕》也取得较大成功。这两部小说确立了龙之介作为新晋作家的地位。11月，在《新思潮》发表关于南蛮天主教事物的第一部作品《烟草》（后改标题名为《烟草与恶魔》），12月成为海军机关学校的嘱托教官，寄宿在镰仓，月俸60日元。同月9日，其师夏目漱石去世。在这一年，芥川龙之介还有《孤独地狱》（《新思潮》，4月）、《我的父亲》（《新思潮》，5月）、《虱子》（《希望》，5月）、《酒虫》（《新思潮》，6月）、《野吕松人偶》（《人文》，8月）、《猴子》（《新思潮》，9月）、《出帆》（《新思潮》，10月）、《烟草与恶魔》（《新思潮》，11月）、《烟管》（《新小说》，11月）等作品诞生。

1917年（大正六年） 25岁

1月，在《文章世界》发表《运气》，在《新潮》发表《尾形了斋备忘录》。3月，《新思潮》第四次停刊。5月，第一部短篇集《罗生门》由阿兰陀书房刊行。9月，将寄宿地从镰仓移至横须贺市汐入尾鹫梅吉方。11月，第二部短篇集《烟草与恶魔》由新潮社刊行。在这一年，芥川龙之介还发表了《忠义》（《黑潮》，3月）、《葬礼记》（《新潮社》，同3月）、《偷盗》（《中央公论》，4、7月）、《彷徨的犹太人》（《新潮》，6月）、《某日的大石内藏之助》（《中央公论》，9月）、《戏作三昧》（《大阪每日新闻》，11月）等作品。

1918年（大正七年）　26岁

1月，在《新潮》发表《掉头的故事》，在《新小说》发表《西乡隆盛》。2月2日，与冢本文子结婚。当时文子19岁，还在迹见女子学校就读。3月，到镰仓大町辻定居，成为大阪每日新闻社的社友。从5月份前后开始师事高浜虚子，开始热衷于俳句。4月，在《新小说》发表《世之助的故事》，在《中央公论》发表《袈裟与盛远》。5月，在《赤色鸟》发表《蜘蛛之丝》，在《大阪每日新闻》发表《地狱变》。6月，在《不如归》上发表一系列俳句。7月，在《中央公论》发表《开化的杀人》。9月，在《三田文学》发表《基督教徒之死》。10月，在《新小说》发表《枯野抄》，在《大阪每日新闻》开始连载《邪宗门》。11月，在《雄辩》发表《路西法（Lucifer）》。

罗生门

1919年（大正八年）　27岁

1月，第三部短篇集《傀儡师》由新潮社刊行。3月15日，生父新原敏三因流感去世。同月，龙之介辞去海军机关学校的嘱托教官一职，正式成为大阪每日新闻社社员。新闻社提供的条件是无须出勤，每年写几篇小说，不需要为其他报纸新闻执笔，月薪130日元，但不付稿酬，等。4月28日，龙之介从镰仓再次搬回田端的自己家中，与养父母共同生活，并将这里的书房称为"我鬼窟"。5月开始，室生犀星、小岛政二郎、南部修太郎、泷井孝作等新晋作家频繁进出芥川家。在这一年，芥川龙之介还创作了《毛利先生》（《新潮社》，1月）、《那时的自己》（《中央公论》，1月）、《圣克里斯托夫传》（《新小说》，3、5月）、《我遇到的事——蜜柑、沼泽地》（《新潮》，5月）、《路上》（《大阪每日新闻》，6—8月）、《妖婆》（《中央公论》，9—10月）以及评论文章《艺术其他》（《新潮》，11月）等作品。这一年中，他与一女子秀茂子相会，并一度陷入情感苦恼。

1920年（大正九年）　28岁

1月，第四部短篇集《影灯笼》由春阳堂刊行。3月长子比吕志出生，孩子名字的读法取自菊池宽的"宽"，但是按万叶假名写成"比吕志"。11月，与久米正雄、菊池宽、宇野浩二等人一起在京阪地区进行演讲旅行。这一年龙之介主要创作了《鼠小僧次郎吉》（《中央公论》，1月）、《舞蹈会》（《新潮》，同1月）、《尾声的信》（《中央文学》，同1月）、《秋》（《中央公论》，4月）、《黑衣圣母》（《文章俱乐部》，5月）、《南京的基督》（《中央公论》，7月）、《杜子春》（《赤色鸟》，同7月）、《影子》（《改造》，9月）、《阿律和她的孩子们》（《中央公论》，10—11月）等作品。这一年春天，芥川在上野清凌亭饭店结识女招待佐多稻子。

1921年（大正十年） 29岁

3月，第五部短篇集《夜来之花》由新潮社刊行。该月，龙之介作为大阪每日新闻海外视察员被特派到中国，从上海出发游杭州、苏州、扬州、南京、芜湖，沿长江逆流而上，访庐山、汉口，渡洞庭湖至长沙，再经郑州、洛阳进入北京。7月末，经朝鲜归国。这次旅行使芥川的健康受到极大的损伤，回国后立即病倒。这一年芥川发表的作品有《秋山图》（《改造》，1月）、《往生绘卷》（《国粹》，4月）、《上海游记》（《大阪每日新闻》，8—9月）、《好色》（《改造》，10月）等。

1922年（大正十一年）　30岁

4月，书房的名字改为下岛勋所书写的"澄江堂"。同月25日开始至5月30日止，再游长崎，途中顺道去京都十余日。7月9日，森鸥外去世。11月次子多加志出生。芥川龙之介身体健康方面出现问题，患上神经衰弱、吡啉疹、胃痉挛、肠炎、心悸亢进等病症。在这一年，芥川创作了《俊宽》（《中央公论》，1月）、《竹丛之中》（《新潮》，同1月）、《将军》（《改造》，同1月）、《台车》（《大观》，3月）、《报恩记》（《中央公论》，4月）、《六之宫的姬君》（《表现》，8月）、《鱼河岸》（《妇人公论》，同8月）、《阿富的贞操》（《改造》，5、9月）、《百合》（《新潮》，10月）等。

1923年（大正十二年）　31岁

1月，在《文艺春秋》创刊号开始连载《侏儒之语》。3月至4月间，在汤河原的温泉治病。5月，第六部短篇集《春服》（春阳堂）刊行。8月，在山梨县法光寺的夏季大学做演讲。同月为避暑移居至镰仓，与冈本一平、加乃子夫妇相识。10月认识仍在一高就读的堀辰雄。12月去京都旅行，在《中央公论》发表《安咕咕》，自此文风突变。在这一年，芥川还创作了《三个宝贝》（《良妇之友》，1月）、《保吉的手帐》（《改造》，5月）、《孩子的病》（《局外》，8月）、《鞠躬》（《女性》，10月）等作品。

1924年（大正十三年）　32岁

1月，在《中央公论》发表《丝女备忘录》，在《新潮》发表《一块土》。4月，在《中央公论》发表《少年》（4—5月），在《改造》发表《寒气》。7月，第七部短篇集《黄雀风》（新潮社）刊行。又从7月至翌年3月编集《现代英语文学系列》（*The Modern Series of English Literature*）（全七卷），由兴文社刊行。7月下旬至9月，在轻井泽避暑，结识"在学问上可与之匹敌"的才女片山广子，写了《超人》《相闻》等抒情诗，但他们的关系未深入发展之前，芥川就退却了。9月，第二部随笔集《百草》由新潮社刊行。10月，芥川叔父过世，妻弟冢本八洲咯血，芥川本人也罹患感冒、神经性胃下垂、痔疮、神经衰弱等病症，身体逐渐衰弱。也是在同一时期，芥川与斋藤茂吉相识，并接受其治疗。

1925年（大正十四年）　33岁

2月，与荻原朔太郎结为挚友。3月，参与《泉镜花全集》的编辑工作。4月，《现代小说全集》第一卷——《芥川龙之介》由新潮社刊行。4月10日至5月6日，因为温泉治病在修善寺新井旅馆逗留。8月下旬开始至9月中旬，停留在轻井泽。7月，第三子也寸志出生。10月，兴文社委托编辑的《近代日本文艺读本》全五卷完稿。11月，《中国游记》由改造社刊行。在这一年，芥川在创作了《大导寺信辅的半生》（《中央公论》，1月）、《马之脚》（《新潮》，1—2月）、《温泉来信》（《女性》，6月）、《海之畔》（《女性》，9月）等之外，还创作了少许诗作，由于健康状况急剧下降，创作活动也趋于低潮。

1926年（大正十五年、昭和元年）　34岁

1月，因肠胃病、神经衰弱、痔疮等疾病在汤河原中西屋滞留至2月中旬。4月后，去往妻子的娘家所在地鹄沼，并与妻子和孩子滞留于此。10月，刊行随笔集《梅·马·莺》（新潮社）。在这一年，芥川还创作了《湖南之扇》（《中央公论》，1月）、《年末的一日》（《新潮社》，1月）、《越人》（旋头歌二五首《明星》，2月）、《追忆》（《文艺春秋》，4月—次年2月）、《春之夜》（《文艺春秋》，9月）、《点鬼簿》

（《改造》，10月）等作品。

1927年（昭和二年）　35岁

1月，从鹄沼回到田端家中。该年初，姐夫西川丰家宅完全烧毁。因为此案件涉及极大的保险金额，不在家的西川丰被认为有纵火的嫌疑，于是西川卧轨自杀以证清白。芥川龙之介为其料理后事和其他善后事宜，神经衰弱越发恶化。4月之后，与谷崎润一郎围绕着在《改造》上连载（到7月止）的小说的梗概展开"过于文艺式的"争论。6月，第八部短篇集《湖南之扇》（《文艺春秋》社）刊行。7月23日，《续西方人》完稿。7月24日凌晨，在田端家中留下遗书后，芥川服药自杀身亡。遗书分别写给其夫人、小穴隆一、菊池宽、葛卷义敏、其伯母，以及亲戚竹内氏。死时枕边留有一部《圣经》和一部《写给某位旧友的手记》。27日，在谷中火葬场，大家为芥川龙之介举行了葬礼，其骨灰被存放在染井法华宗慈眼寺。在这一年中，芥川生前发表的作品有：《玄鹤山房》（《中央公论》，1月）、《海市蜃楼》（《妇人公论》，1月）、《他》（《女性》，1月）、《他其二》（《新潮》，1月）、《悠悠庄》（《Sunday每日》）、《河童》（《改造》，3月）、《诱惑》（《改造》，4月）、《齿轮第一章》（《大调和》，6月）、《三个窗户》（《改造》，7月），等。另外还有遗稿《暗中问答》、《侏儒之语》（《文艺春秋》，9月）、《齿轮》（《文艺春秋》，10月）、《某个傻瓜的一生》（《改造》，同10月）、《西方之人》（《改造》，8月）、《续西方之人》（《改造》，9月）等作品。

芥川龙之介的死带给日本社会极大冲击，文坛人士更是无比惋惜一个天才的早逝。1935年（昭和十年），在芥川龙之介去世8年后，他的毕生好友菊池宽设立了以他的名字命名的文学新人奖"芥川赏"，现已成为日本最重要文学奖之一，与"直木赏"齐名。

译后记

※

去年正值新冠肺炎疫情肆虐全球、国内外人心惶惶之际，译者收到花城出版社的邀约，翻译芥川龙之介的《罗生门》。我倍感压力，原因有二：其一，芥川龙之介是日本近代著名的小说家，他与夏目漱石、森鸥外一起被誉为20世纪前半叶日本文坛三巨匠。其作品影响了无数日本青年人和国内人士。加之，国内译作已有珠玉在前，对于自己能否翻译出原著的精髓、望前辈译者之项背而稍有所及，我有些心虚。其二，恩师丁国旗先生和林青华先生极力推荐，我亦自觉不能辜负两位先生的指导和栽培。其时，麦晓琳先生也从旁鼓励，并给予了相当多的因势利导，总算是使我平添了几分翻译这本著作的决心。

芥川龙之介是日本近代知名的作家之一，在日本近代文坛上有着举足轻重的影响力。然而纵观他的一生，整体来说，是高调、复杂、曲折以及短促的。芥川龙之介出生后不久母亲就发狂，因而被送到母舅家寄养。到他十岁时母亲离世，继而其同父异母的弟弟出生，他终于过继到芥川家。这段儿时的记忆或许对他整个人生有着极大的影响，很大部分体现在他作品中的忧郁和彷徨之中。他少年时才华初显、学业优秀，后进入东京大学学习英文；后拜入夏目漱石门下，与菊池宽、久米正雄等成为毕生好友，又使得他对于自身和社会、人生的审视高于一般的日本人。所有这些经历对其进入文坛并大放光彩有着极大的助力。

另一方面，在创作生涯中后期开始，芥川龙之介患上了多种严重影响身心的顽疾，以至于对其文学创作和心境都带来了巨大的阴影。与此同时，感情与生活上的各种打击又接踵而至，让他身心俱疲、不堪重负，最终在三十五岁时服安眠药自尽。

通过阅读芥川龙之介各个时期的作品，我们也可以从中品读出他短暂一生中优柔、复杂、彷徨的心路历程。

本书一共由18篇短文构成。每一篇都有不同的风格和写作特点，可以说囊括了芥川龙之介小说、散文类作品中比较经典的篇章。其中，《罗生门》《鼻子》以及《芋粥》三篇文章，最有特色。

《罗生门》讲述了一个在衰败时代下失去工作的下人，内心的自我认同感逐渐从武士转为浪人的心路历程。翻译完本篇，我脑海里突然闪现出一句名诗："卑鄙是卑鄙者的通行证。"下人内心自然是不愿意成为浪人甚至强盗的。但在现实情况下，作为一名无主的浪人，似乎除了做强盗，也别无选择。于是可以看到在故事开头，浪人在罗生门下避雨，既是避雨，也是为了避开熟识的面孔。他虽已无处容身，但手上还有一把刀、身上的衣服也还算体面，走在街上仍然能唬住不少平头老百姓。只不过，他缺少一个契机，或者说是说服自己的借口。浪人一直在罗生门下犹豫到天黑也没下定决心，直到发现门楼上灯影闪动，才出现了故事的高潮部分：浪人发现拔死人头发的老妪，老妪为求自保揭露更多肮脏的生活真相，浪人终于了解到下层人的生活原则：弱肉强食。他终于狠下心来，扒掉老妪的衣服扬长而去。至于老妪的结局，自然是继续做着原来拔死人头发的工作苟延残喘；而故事中的那个浪人，不用说也可以想到，必定是凭借着他自己手中的刀和一身的"本事"，或为盗，或为贼，总之他在找到符合自己身份的出路以后，想必其内心不会再茫然，定会将他盗贼的生涯持续到生命的终结之日吧。

谨以一首《忆秦娥·读罗生门》为这篇故事做一个总结：

朱雀道、兴亡荣辱转眼过。转眼过、本心难守、天涯蹉跎。抬望罗生门楼内、一片社鸦狐鼠寄。狐鼠寄、夜色渐浓、隐没其里。

顺便提一句，现在人们讲的"罗生门"一词并非出自此《罗生门》，而应该是芥川龙之介的另一篇小说《竹林中》。在后者的故事中，事件的当事人各执一词，并各自按照对自身最为有利的方式讲述证言或编织谎言，最终使得事实的真相扑朔迷离、难以水落石出。思来想去，"罗生门"这个词现在通用的释义，或是受到了黑泽明的电影《罗生门》的影响所致，以讹传讹所致。

另外八卦一句，写这篇文章时，芥川龙之介刚刚被迫与初恋吉田弥生分手，甚至一度传出他由此产生厌世情绪的传闻。想必当时，其内心一定和这名浪人一样曾在内心中的"罗生门"下彷徨过吧。

《鼻子》则讲述了禅智和尚因鼻子较常人粗长而苦恼的故事。虽然禅智和尚本身身居高位，又是得道高僧的模样，但他却对自己的长相并不自信，时时希望能找到药方解决这种"痼疾"。在徒弟的帮助下，他借助来自中国（震旦）的偏方一时解决了鼻子的苦恼，然而后来的发展并非如禅智和尚所期望的那般，他没有受到众人的喜爱，反倒是被周围的人，包括其弟子、中童子、武士等人或明或暗地嘲笑。以至于最后在秋风乍起的第二日清晨，禅智和尚的鼻子恢复如初，他才算放下心来，不再担心自己的鼻子遭到周遭人的嘲笑。

这仿佛是芥川龙之介对历史上的日本和日本国人的剖析和嘲讽。当自身的特异品质遭到周围环境的质疑时，人自身也希望能从其他先进的地方寻求解决问题的良方。历史上，日本先是自身摸索，之后又从中国寻得偏方治好了其"不群于人"的毛病。从"大化改新"到建立律令国家，无疑是借助中国的"良方"来改造日本社会。然而，不知道是水土不服还是其他的缘故，日本最终还是抛弃了借来的"良方"，发展出具有自身特色的日本"国风"文化来。这也似乎在暗示着芥川龙之介的写作从模仿他人转变为自我创造，最终找到了自成一格的写作方式。《鼻子》是芥川龙之介的成名作，他仅以此篇就奠定了自己在日本文坛上的文学地位。

上述两个故事讲述的正是日本人内心的自洽。不同的点在于，一个是自我认同，一个是他人认同，即积极地悦纳自己，抑或被动地接受他人的认可。《罗生门》中的下人，虽然相较于其他平民而言仍是上等人，但在武士阶级中，他的身份地位却极其低微。从故事中他被主人家轻易扫地出门看就可见一斑。因此，在沦为浪人后，他能将自己的真实身份与职业对应起来，从而迅速找到心灵的归宿。在盛行丛林法则的混乱时代，这无疑是他的保命立身之道。而反观《鼻子》中的禅智内供，他不但是寺院里的高僧，而且是宫中内道场的供奉、民部少典的儿子。从这些条件上说，他理应是无欲无求的圣人形象。然而，他却因为一根又粗又长的鼻子而苦恼。长鼻子与众不同，在禅智看来是不被他人所认可的。等他想尽办法缩短了鼻子后，换来的却是众人的嘲笑——众人眼中的禅智与他们所认知的形象不一致——而众人的刻板印象是难以根除的。禅智虽然可以让自己的内心更加喜欢短小鼻子的自己，但是为了得到众人的认可，还是在无奈变回长鼻子之后重新选择接受自己在众人心中那长鼻子的形象。这里似乎有一丝"斯德哥尔摩综合征"的味道。

而在真实的历史中，日本人也曾长期陷于这种自我认知的困扰之中。两千余年中，他们似乎一直试图进入华夏，然而却从来没有完全成功。为此，甚至还产生了诸如内藤湖南等所谓"华夷变态"的观点，试图重新塑造日本人的民族心理，并由此催生出"小中华"的意识，甚至产生了吞并中国的野心。

《芋粥》的故事来源于《今昔物语》。主人公五位是入仕于摄政藤原基经的五品武士。他的人生愿望，就是将在摄关宴会后赏赐的芋粥痛快地喝到饱。然而，这样的愿望一直未能实现，直到敦贺的利仁诓骗他去往敦贺的家里，招待他一次性喝了大量的芋粥。估计从此以后，五位再也不会有这样的愿望。当然，在故事中五位本身也是相貌平平，甚至有些猥琐，加之不修边幅，连自己的老婆也跟人跑了。这样一个窝囊的人却可以与敦贺的利仁并驾齐驱，想必也并非真正意义上的庸人。利仁虽然存心戏弄五位，却也是得费尽心机来"讨好"于他。真正让我觉得神奇的地方正在于此。利仁是外表粗犷而内心细腻之人，他本是入赘到藤原有仁家，然而却能掌握有仁家的众多家臣。相比之下，主人公五位就难有这样的能力。有两个细节请读者思考。第一，在路上抓狐狸报信时，利仁的表演不可谓不卖力，这样做的好处在于什么？第二，到有仁家后，利仁吩咐仆人们准备芋粥的材料，对山芋的尺寸都要求得十分严格，但众仆人却能按时按要求做好，这又表明了什么？

我的思考是：利仁通过抓狐狸报信，可以借由五位的嘴，在朝堂之上宣扬其具有驱使野兽的"神秘"力量。而严格要求仆人准备做芋粥的材料，则可以充分体现出利仁对整个家族的掌控能力。表面上看来，本篇的主人公是五位，然而实际上，是借由五位的眼睛将一位长袖善舞、工于权谋的武士形象展现了出来。五位的人生愿望，在利仁看来不过是可以随意赏赐给狐狸吃的粗食罢了，根本就不值一提。文章的最后，五位对着装满了芋粥的银提锅子打了一个大大的喷嚏，或许是在他真正理解了利仁的心理之后，吓出来的一身冷汗所致的吧。

芥川龙之介虽然不如其师夏目漱石能用汉文作诗，但也能阅读汉文古籍，有着较同时代及后世作家更为深厚的中国文学修养。例如，《仙人》中的李小二的唱词"沉黑江明妃青冢恨、耐幽梦孤雁汉宫秋"；《芋粥》中对景物描绘时，刻意模仿了刘禹锡《望洞庭》中的诗句。译者在处理时也同样做了转借："湖光秋月两相和，潭面无风镜未磨"，算是对儿时暗记功夫的一点取巧。

本书收录的另外两篇作品《烟草与恶魔》《尾形了斋备忘录》都以较为负面的形象展示了基督教传入日本之初的状况。而在后期的作品中，基督教和教徒则多是正面的形象居多，如本书未收录的《圣克里斯托夫传》《西方的人》等篇章。或许芥川龙之介后来接受基督教的思想时还没有意识到这一点。而到了明治时代，日本开始全面学习西方，并倡导"脱亚入欧"论，或许这又是另一场从外部寻找"良方"以改变自身、获得外部世界认可的尝试。

近百年前的芥川龙之介在书写这些故事时，或许不会想到能在近一个世纪后的今日，有位日语的学习者通过翻译他留下来的文字，与他进行了一场深入的、跨越时空的灵魂对谈。当然，我也希望读者能借由这本译作，同样地与这位文学巨匠进行思想上的交流。在本书全部翻译结束后，我深感在文学巨匠的作品之前，自己的语言功底和翻译能力确实有限。想起恩师们曾经教导过的译事三原则，即严复讲的"译事三难：信、达、雅"，顿觉汗如瀑下。于是对照作品原文反复阅读译文、推敲细节表达、删改数次，竟也未能全数奉行。但我自觉唯有做到一个"信"字。若有读者能读出另一个"达"字来，善莫大焉。

《罗生门》总体基调偏灰暗，也许与作者当时的心境有着莫大的关联。只望读者能够在阅读并了解文字本身的前提下，更加积极地面对生活中的各种困难和挑战。正如前面所讲，当前全球的疫情给世界各国都带来了深重的灾难。给人们的心理也造成了各种程度的冲击。在无情的灾难面前，人力似乎微不足道。但只要团结起来、携手同行。译者相信，人类作为命运的共同体，必将战胜眼前的挑战，赢得最终的胜利。

最后，感谢各位朋友给予的协助和支持。特别感谢黄明英女士、高元希夷同学在翻译过程中的帮助和鼓励，以

　　　　　　　　　　　　　　　　　罗生门

及麦黄燕丽女士、麦晓琳先生的鞭策。由于篇幅所限，再次向其他未提及的朋友表示谢意：人生漫长，各自安好！

公元二〇二二年
写于禺山书斋